詩仙堂と昌平黌

口中治久
Kuchinaka Haruhisa

郁朋社

詩仙堂と昌平黌

一

枕草子に「夏は世に知らずあつき」とあるように、京都の夏は平安の昔からすこぶる暑い。

今年、二〇一九年の夏はなかでも異常な暑さだ。連日三八度を超え、日中一歩外へ出ると肌を刺す陽ざしに身体が火傷するか溶けてしまいそうな気になってしまう。

気晴らしに、この暑さを表現する言葉を漢詩から探してみた。

「暑威」「炎蒸」「隆暑」「列暑」「溽暑」「辱暑」などいろいろあるなか、極めつけの表現があった。「毒暑」だ。清朝の代表的な考証学者の一人、趙翼《ちょうよく》が詠んだ詩である。

——薪が赤々と燃え盛るかまどを投げつけた地面の上に、あるいは石炭がぼっと燃えたぎる溶鉱炉の側にじっと佇んでいるような暑さ——

これぞ「毒暑」。一瞬にして人をも溶けさせてしまう暑さ。中国人特有の大袈裟な表現とはいえ、まさにえげつない暑さを見事に言い表している。

京都の今年の暑さは心身を害する暑さ、「毒暑」と言って決して言い過ぎではない。

この「毒暑」のさなか、私は京都市左京区、百万遍《ひゃくまんべん》のバス停を降りた。しかも小学三年生と一年生の二人の孫を連れて。

日中の暑さを避けて午前八時少し前に、烏丸御池《からすまおいけ》駅から地下鉄に乗って今出川《いまでがわ》駅で下車。そこから市バスを乗り継いで百万遍へ。まだ午前八時半ではあるが既に三〇度を優に超えている。

これからゆっくり歩いて北へ、まず睡竹堂《すいちくどう》跡へ、続いて詩仙堂と石川丈山の墓へ。それから二ノ瀬《にのせ》の奉先堂《ほうせんどう》まで。

石川丈山《じょうざん》と林羅山《らざん》、二人の隠棲の地や墓、石碑を巡る散策の始まりである。

果して、何キロぐらいあるのだろう。詩仙堂まではざっと見積もって三キロぐらい。そこから二ノ瀬まではるかに遠い道のりで、八キロほどになるだろうか。

どこまで気力、体力が持つか。私だけでなく、九歳と七歳の孫の気力と体力が。

石川丈山年譜稿（小川武彦著）には、丈山が四歳の時、外祖父本多重貞に連れられて和泉から野寺まで三里の道を歩いたと記されている。重貞の要件が終わると帰り道も黙々と歩いたという。

往復六里、約二三キロ。にわかには信じがたいが、同じく外祖父の私が今年小学校三年生九歳と一年生七歳の孫二人を連れて、「毒暑」の京都を散策する。

二

岳母、東山理容子《りようこ》が亡くなった。二〇一七年三月三一日未明に。

この日、三月三一日は、一番年長の孫、朗《ろう》の保育園での卒園式を終え、ピカピカの小学校一年生の入学式を目前に控えた春休みの一日だった。

他の孫たち五人と岳母（孫たちにとっては曾祖母）の家に行って、岳母が用意してくれたお手製の海老や野菜の天麩羅、稲荷寿司、煮込みハンバーグなどを昼食に摂り、楽しく半日を過ごした日であった。

彼女は少し疲れた様子ではあったが、後片付けは誰にも任せず、夕刻みんなが帰った後一人でしていたようだ。

翌朝、一人娘の私の妻、華栄子《けえこ》が、「昨日はありがとう」のお礼の電話を何度か入れた。が、全く反応がなかった。

胸騒ぎしたのか心配のあまり、私と二人で一人住まいの岳母宅に急行する。どの部屋へ行って声をかけても返事が返ってこない。

お風呂場を覗いてみて、すでに硬直した全裸の岳母を発見。消防署に緊急のコールをした。受話器越しに、「心臓マッサージをしてください」という声が聞こえてきたが、とき既に遅しであった。

お風呂のお湯は冷たく、息を引き取ってから何時間経過したのかさえわからない状態であった。

救急車が、次に警察官がやってきて、事情聴取。事故死と殺人死の両面から取り調べが続く。

「金品など盗られたものはありませんか？」

「貴重品など物色されていませんか？」

「玄関や窓など器物の損壊はありませんか？」

警察官による聴取が延々と続いた。

家じゅうの部屋をくまなく回り、押し入れのなか、箪笥の引き出し、財布、通帳に至るまで、ありとあらゆるものを確認するよう促される。財布の中の現金まで勘定するようにと。

そして、岳母の暮らしぶりから病気の有無、病気の程度、通院していた病院名、担当医の名前など、聞けることは何でも聞いてくる。

次は妻と私の住所、岳母と連絡を取り合う頻度、訪問する頻度、果ては私の職業まで、「すいませんね。念には念を入れてと思いましてね」

表面は申し訳なさそうな口調で、実はずけずけとお構いなしである。

現場確認が済んだのは、お昼をとうに過ぎたころであった。

その後、通夜、告別式と、目まぐるしく時間が流れ、滞りなく葬儀を終えた。

岳母、理容子、享年八六歳。

曾孫六人と楽しいひと時を過ごし、ほっこりして一人お風呂に浸かりながら逝った。元々心臓に疾患を抱えていた理容子が八六歳まで生を保てたのは僥倖《ぎょうこう》だったのかもしれない。

自らは岳父との間に娘を一人授かった。その後は、心臓の疾患が原因だったのか、子どもは娘一人だけであった。

その娘、名前は華栄子。私と結婚して三人の子宝に恵まれた。彼女にとっては、孫が三人となる。

その孫三人がそれぞれ結婚して二人ずつ子どもを授かった。彼女にとっては曽孫、六人。娘一人から、その連れ（私）。その子（孫）が三人。その配偶者三人。そして曽孫六人と、都合一四人。

生前よく言っていた。「私はとっても幸せ」

葬儀に際して、遺影をどれにするかいろいろアルバムを物色した。ちょうどいいのが見つかった。妻、華栄子の還暦と岳母、理容子八五歳誕生日のお祝いとを兼ねて、一四人全員で記念写真を撮ったものである。

通夜の折に、参列者の皆さんに、私の方から弔辞を述べた。

「ご参列の皆様、正面祭壇の遺影をご覧になってください。

ちょうど昨年の夏、理容子八五歳誕生日のお祝いを祝して、フォトスタジオを借りて孫たちが一四人全員の記念写真を撮って贈ってくれた写真の一枚です。

これ以上ないというぐらい、幸せそうでにこやかな笑顔に溢れた表情をしています。幸せそうな様子が皆様にも伝わっていると思います。

孫三人、曽孫六人に囲まれて、いつも語っていました。『私は最高に幸せ』と。

この一枚の写真もそれを物語っているのではないかと思います……」

あまりに突然の死に、涙を流す暇もなかった一人娘、妻、華栄子。その悲しみたるや、側にいて想像をはるかに超えるものであった。

ちょうど、一番上の孫、朗が小学校に入学する年で、地元の少年サッカーチームに入ると聞いていた。わが長女、庸子《ようこ》は、医療関係の仕事に携わっており、夫、優人《ゆうと》と共働きであることから、放課後は学童クラブにお世話になることになっていた。

つねづね、「子どもが幼い間は、毎日学童は可哀そう。週に一日ぐらい、『ただいま』って、家に帰ってくる日があってもいいんじゃない？」と言っていた妻、華栄子。

その言葉に耳を貸そうとしなかった娘の庸子。

「小学校一年生の幼い子に、毎日学童でお世話になるのはどうなの？」と華栄子は同じ話を繰り返す。

「私もそう思うわよ。でも仕方ないじゃない。お母さんやお父さんに、お願いするわけにはいかないわよ。向こうのご両親にもね」と、庸子もあきれた様子で同じ言葉を繰り返す。

「私でよかったら、週一度ぐらい何とでもするわよ」と、華栄子は執拗に食い下がる。

「……」。どう返答していいか、庸子は困っている。

「お母さんの今の悲しみから立ち直るためには、何かに忙しくしている方がいいと思うんだ」

娘の庸子に、私はそう声をかけた。

「わかってくれる？　週一回、木曜日、朗君の少年サッカーの送り迎えに行って、その日は一緒に夕食を取るようにしてもらえないかなあ」

孫の朗のためというより妻の華栄子のために、という言い方で誘ってみた。

「お父さん、お母さんがこんなに言っていただいているのだから、そうお願いしようよ」と、娘庸子の夫、嶋優人がそう言ってくれた。

こうして、孫、朗が学校から帰ってくるのを待って、彼のサッカークラブへの送り迎え。それから孫二人と嶋夫婦と夕食を共にする毎週木曜日の、新しい生活が始まった。

三

トイレからなかなか出てこない。もう三〇分は経っている。孫、朗。今年小学校三年生になった。彼流のトイレ内の儀式、ルーティンである。

どうも、自分の好きなマンガを持ち込んでいるらしい。マンガに限らず本を読むのが好きなようだ。夕方四時からサッカークラブは始まる。歩いて一五分はかかる距離だ。今、三時四〇分を過ぎようとしている。

「もう時間がないよ。出てこないとだめだよ。サッカーに遅れてしまうよ」

「わかった。もうすぐ終わるから」と、朗は読み終わった本を抱えて、トイレから急いで出て、サッカーの練習着に着替える。

こんな何気ない光景が、毎週木曜日三時前後の朗と私、とそれから華栄子三人の演じるルーティンである。わが娘、庸子に言わせると、木曜日の夕方だけでなく、毎日のようにあるらしい。

トイレにこもって、読書三昧……。

ある日の夕食後の団欒の折り、こんな話を朗に振ってみた。

「お爺ちゃん家に、漫画『日本の歴史』がセットであるんだけど、読んでみるかい？」

「うん、是非、読んでみたい！」

「日本の歴史って、面白そうだね」

「お父さんも学生のころ、歴史の勉強ってあまりしなかったから、一緒に勉強してみようかな……」

と、優人も興味深々である。

始めは、子どもにも興味を引きそうな数巻を持っていった。

平清盛、源頼朝などが登場する源平の戦いや、織田信長、豊臣秀吉、徳川家康などが活躍する戦国の世のあたり、西郷隆盛、大久保利通、木戸孝允ら薩長雄藩と徳川慶喜らを中心とする幕府軍が戦った幕末期など、適当に見繕って五〜六冊を見せた。

朗は、この漫画「日本の歴史」にはまった。

トイレに行くときは必ず持っていく。それ以外の空いた時間にも、よく読んでいるらしい。読みだしたら止まらない。周りのことが気にならないばかりか、全く見えない状況に陥っている。

「ねえねえ、おじいちゃん、もっと読みたいんだけど、今度、持ってきてくれる？」

「わかった。で、どの時代のものを持ってくればいいんだ」

「できれば、全部。だって全部読みたいんだもん」

「なんで、そんなに読みたいの？」

「日本の歴史って、そんなに面白い？」

「うん、面白いよ。夢中になって他のことが手につかなくなってしまうほどだね」

側にいた二歳年少の弟、昴《こう》が、話の間に入ってきて尋ねた。

「ねえねえ、朗ちゃん。日本の歴史の何が面白いの？」

「朗ちゃんは、なんでそんなに夢中になって歴史の勉強をするの？」

「なんで勉強するかって？　そりゃあ、面白いからだよな」

思案している朗の顔を伺いながら、私は助け舟を出してみた。

「ウーん……」

「面白いっていうこともあるんだけど、それぞれの時代ごとに生きている人の考えがわかるのがいいのかな。それに、いまのぼくたちの考え方の参考にもなるからね……」

嶋朗——歴史好きの小学校三年生の誕生だ。

四

肝臓癌を患って、全身に転移している義理の叔父、徳光武将《とくみつたけまさ》を入院先の病院に見舞いに行った。

今回の入院は、もう自宅には戻れないものと覚悟をしておいてほしいと、彼の妻、史子《ふみこ》は、医師から宣告されている。思いのほか元気だったのがせめてもの救いだった。

いつものように軽い冗談を飛ばしながら、応対してくれた。本当はしんどかったと思うが、久しぶりに私たちの姿を見て、元気が出たのかもしれない。

子どもたちにも武将叔父さんの状況を話し、見舞いに行くよう伝えた。

武将と史子には子がなく、私たちの子どもをよく可愛がってくれた。子どもたちもよく懐《なつ》いていた。二人は山科《やましな》駅の近くに住まいを構えていた関係で、春には山科疏水の桜の花見によく連れて行ってくれた。

疏水の両側に続く桜並木の下で、弁当を広げて大人はビールを、子どもたちはコーラやジュース、好きな飲み物を飲みながら、美味しい弁当を平らげたことも今は懐かしい。

夏には四《し》ノ宮まつりにも連れて行ってくれた。

毎年八月二二、二三日には六地蔵めぐりという平安時代から伝わっている行事に因んで、四ノ宮まつりが開催される。

この祭りは旧三条街道の山科駅から京阪四宮駅までの五〇〇メートルほど、道路の両脇に露店が立ち並ぶ大きなお祭りである。私や妻が忙しくて失礼したとき子どもたちだけでも招待してくれた。家に泊めてもらうこともあったと記憶している。

よく小遣いも頂いていた。とても子煩悩で、いつもニコニコして、他者を喜ばす嫌みのない冗談をよく飛ばしていた。子どもたちも大好きな親戚の一人だったと思う。

その叔父、徳光武将が逝った。姉の東山理容子の死から二年後のことだった。通夜の際、子どもや孫、その他弔問客を前にして、喪主、史子の代わりに弔辞を述べた。

「公私にわたりお忙しいところ、亡き徳光武将の通夜に駆けつけていただき、誠にありがとうございます」

形式的な挨拶の後、叔父、武将との思い出と彼の人柄について語った。

「彼、徳光武将さんは、兄一人姉四人の六人兄弟の次男末っ子として福井県敦賀《つるが》市に生まれました。その次姉が、私の岳母、東山理容子です。

岳母が岳父、東山蔵之介と結婚して京都に出てきておりました。蔵之介は京都でアパレル関係の小さな会社を営んでおりました。その縁を頼って、京都に出てきたようです。

岳父岳母からも他の社員からも、またお得意さんからも受けが良く、仕事に精進していたようです。いつもにこやかで、愛想が良く、話題も豊富で、手前味噌ながら話も上手でした。

仕事関係の人たちだけでなく、地域の人やもちろん身内にもいつも笑顔を絶やさず、だれに対しても偉そうな態度一つ見せることもなく、怒った顔を見たことがないぐらいです。子煩悩でしたので、親戚の子どもたちにも人気者でした。

そして何より、岳父蔵之介から会社経営を引き継ぐよう要請された時なども頑固なまで固辞し、岳父を盛り立て会社のために尽くしたと聞いています。

小欲知足《しょうよくちそく》といいますか、金銭欲からも出世欲からも遠く、権威、権力に阿ることもなく、自らの道を淡々と歩む、『無欲恬淡《むよくてんたん》』という四字熟語が最も似合う人ではなかったでしょうか。お酒も適度に嗜む、しなやかな人生を謳歌した人だったと思います」

五

「ねえねえ、おじいちゃん。この前亡くなった徳光武将叔父さん、名前の武将って、『武将』って書いて、『ぶしょう』って読むんじゃなくて、『たけまさ』って読むんだよね。

戦国武将のような厳めしい名前なのに、しかも苗字も徳光って、江戸幕府を開いた家康の徳川によく似た苗字なのに、おじいちゃんの話だと、気持ちの優しい他人思いの人だったんだね。人の上に立とうとか権力を握ろうとか考えなかった人だったんだ。

戦国時代っていうと、斎藤道三なんかのように、上の者をやっつけて自分が上にのし上がろうとする人ばっかりだと思うんだけど。あるいは織田信長のように天下を取ってやろうという人ばっかりだと思うんだけど、下克上ってそういう時代だったってことでしょ。

じゃあ、そんな下克上の時代、武将「ぶしょう」がいっぱいいた時代に、叔父さんのような天下取りとは縁のない、おじいちゃんが言っていた無欲恬淡な武将っていたのかなあ」

「実に鋭い難しいことを聞くねえ。しかも無欲恬淡なんて言葉をよく覚えていたね」

「あのお通夜の後、調べてみたんだ。

お父さんお母さんに『むよくてんたん』ってどういう意味なのって聞いたら自分で調べなさいって言われて、パソコンで調べてみたんだ。すごいでしょ。そしたら、こんな風に書いてあったよ」

――「無欲」と「恬淡」の二つの語句に分かれる。まず「無欲」とは、文字通り、欲がないことや、あれこれ欲しがらないこと。「恬淡」とは、こだわりがなく、あっさりしていること。したがって、「無欲恬淡」とは、欲がなく、淡泊で物事に執着しないこと――

「難しいけど、要するに、性格があっさりしていて、変な欲を持っていないことなんでしょ」

朗が少々得意げに話す。

「朗ちゃんは、いろんな勉強しているんだね。ところで、さっき戦国時代にも、叔父さんみたいな無欲恬淡な武将っていたのかなあと聞いていたね」

感心して相槌を打つように聞いてみる。そして、語りかける。

「戦国時代から江戸時代のはじめの武将のなかには、自分の出世より自分が仕える主君に忠義を尽くす武将もいたし、江戸時代の最初のころにはその典型として主君が死んだら自分も一緒に死ぬ、殉死という道を選んだ武将もいるぐらいだからね」

「しかもこの殉死が流行したというのだからビックリだよ。あまり自分の命を粗末にしてはいけないということで、幕府はすぐに殉死禁止令を出したぐらい多かったらしいよ」

「……？」

それから、こんなことを問いかけてみた。

「戦国時代後半から徳川政権初期にかけて生きた武将の中に、朗君が尋ねたような武将の代表として、石川丈山という武将がいたんだけど。彼のこと、知っているかい？」

「石川丈山って、どんな武将だったの？　どんなことをした人なの！」

石川丈山。天正一一（一五八三）年一一月、三河国碧海郡《へきかいぐん》泉郷（今の愛知県安城《あんじょう》市和泉町）に生まれた武人である。

六

小学校三年生歴史好きの朗、あまり気乗りしない一年生の昴、それから二人の父優人と、母庸子の嶋一家と私たち夫婦での木曜日夕食後の歴史講座「石川丈山物語」を始めることになった。

四月の第二木曜日。第一回歴史講座の日である。

「續近世畸人伝《ぞくきんせいきじんでん》」を取り上げる。

この「續近世畸人伝」という本の中には「畸人」と称される人が大勢紹介されているが、その最初に登場するのが石川丈山である。

その石川丈山の稿の原文から重要な個所を抜粋してコピーし、みんなに渡す。私の方でゆっくりと読み進める。

――丈山名は重之　若き時は嘉右衛門と称し、後左衛門と改る。（略）――

「ここはわかるね。石川丈山、重之《しげゆき》とも、嘉右衛門《かえもん》とも、左衛門《さえもん》ともいろいろ名前を変えていたんだね」

「なんで、名前をいろいろ変える必要があったの？　今の人はそんなことしないのに、なんでその時代の人はそんな面倒なことするの？」。昴が怪訝な顔をして問いかける。

「そうだね、覚えるのだけでも大変だものね。今の時代の名刺みたいなものかもしれないよ。名刺があれば、会社の役職が係長、課長、次長、部長、取締役と換われば、その都度名刺を作り替えればいいもんね。名前って、当時はそんなものだったのかもしれないよ」と、金融関係に勤めているバリバリの企業戦士である父、優人が優しく応える。

「さすが、お父ちゃん」と、昴と朗が二人同時に感嘆の声をあげる。

「なるほど。お父ちゃんはなかなか鋭いね。死後につける戒名だけではなく、生きて元気な間にもいろんな名前を付けるのはそういうことだったかもしれないね」


「では、次の文にいくよ」と、私は先の文を読み進める。

――浪華合戦の時、御麾下《きか》に従ひ奉り、天王寺口にありけるが、人並々の軍《いくさ》せんも見所あらじ。と将帥の命をまたず、夜をこめて只一騎営中を忍びいでて敵城に攻めかかり、桜の門といふ所にて佐々十左衛門と渡り合ひて、佐々が首をとる。其の郎党等其の場をさらず切りかかりしをも、又槍の下に伏せて、大手を走り過ぎ、打ち取りし首を實検《じつけん》に備えしに、其の武勇は深く感じ思し召しけれども、軍令に背きたる罪其のままに見許しがたく、殊にかねて寵臣《ちょうしん》のことなれば、依枯の御沙汰も穏やかならずとて、惜しませ給ひながら、勘当し給ふ——

少々長い文章だが、一気に読み進める。そして、朗や昴にも理解できるように丁寧な言い回しを心がけて話を進めた。

「初めの、浪華合戦ってわかるかな？」

「……？」皆んながお互いに知っている（？）と問いかけるような様子で私の顔を伺っている。

「じゃ、大坂の陣って、知ってる？」と、問いかけてみる。

「それはよく知っているよ。漫画『日本の歴史』に載っていたよ」と、朗がほほ笑んで応えてくれる。

関ヶ原の戦いの後、家康は徳川家の天下を将来にわたって存続させる手はずを整えていった。自らが征夷大将軍になってすぐ、秀忠を二代将軍に据えたのもその一つだ。大坂城にいる秀吉の遺児、秀頼の権勢を削ぐことも重要なことだ。いつか豊臣氏一族を潰滅しなければならない。

「そこで、一六一四年に大坂冬の陣、一六一五年大坂夏の陣と、二度にわたって家康が豊臣氏を滅ぼそうと戦いを起こしたわけでしょ」と、朗。

「資料にある浪華合戦っていうのは、後の方の一六一五年大坂夏の陣のことなんですね」と、優人。

「そうよね。で、この戦いに、丈山は家康軍の下で、闘いに参加していたということなのね」と、今度は庸子。

「人と同じ戦い方をしていたんでは目立った活躍ができない。大将である家康の号令を待たずに、一人先駆けして敵と戦うと決めた丈山が、佐々十左衛門という敵の大物とその家来の首を取った。その時の丈山の戦闘は勇ましく、逞しくて、他のどの武将より武功を上げた、ということよね」と、華栄子も話に参加する。

「だけども、さきがけ禁止という軍の規律を破った罪は重く、代々徳川家の大切な家来だった石川一族の血筋にあたる丈山とはいえ、厳しい処罰の対象となった。とまあ、こんな感じかな」と、私が最後を締める。

小学校一年生の昴はもう面白くない、聞いていられないという雰囲気を全身で表現している。が、朗は「よくわかるよ」という合図を送ってくる。

そして、朗が聞いてきた。

「話は大体わかったけど、丈山はなんで、ほかの味方の人より先に敵と戦ったの？」

「そうだなあ、それはとっても難しい質問だなあ。これからゆっくり考えてみる価値のある質問だと思うね。今はわからないかもしれないけれども、今日はこのテーマはこれくらいにしとくよ。ゆっくり勉強していこうね。いいかな？」

答えに窮したわけでもない。話をはぐらかそうとしたわけでもない。「大坂の陣において、丈山はなぜ先登《せんとう》したのか」という問いは、丈山の人生を考えるにあたって、最も重要な問いかけのひとつであり、私自身、これからじっくり語るべきアポリアのひとつだと考えていたからである。

そして、次の文を読み上げる。

——さてぞ武門を離れて日枝の山のふもと、一條寺村に世を避け詩仙堂を創し、自ら六々山人と號し、山水花月に情を慰む。詩仙堂とは、唐宋諸名家三十六人の詩を一首づつ自書し、像は探幽法印に描せしめて梁上に掲げたればなり（略）——

「丈山は五九歳の時、世間の目を避けるように京都の中心街から離れた一乗寺という村に自らの住まいである詩仙堂を建て、そこの梁《はり》というか壁に中国の詩人三六人の詩を掲げたんだ。この詩を掲げた住まいということで、詩仙堂と名づけたようだね」

「……？」

「その詩仙堂ってどこにあるの？」朗が聞く。

「京都市内の左京区一乗寺、修学院のあたりかな。一度行ってみる？」と、私が聞く。

「是非、行ってみたいよ。」と、即座に朗が嬉しそうに反応する。

「では、次を読むよ」

——初め惺窩先生み道を學び、羅山子、杏庵、玄同の輩と交はり詩をよくす。平生咏ずる所の詩若《そこ》干《ばく》首集めて『覆醤集《ふしようしゆう》』と號《なず》く——

「儒学（朱子学）を学ぶにあたって、当時の儒学の大家、藤原惺窩《せいか》を先生として教えを請い、その学問の仲間に林羅山がいたらしいね」

「そして、丈山が詠み続けた詩歌を集めて、『覆醤集』と名づけて、一冊の本にした、ということですね」と、優人も解釈に加わってくれる。

「林羅山といえば、彼の立て札がこの近所にあるって聞いたことがあるわね」

買い物などでこの辺りのことにはことのほか詳しい庸子が尋ねるように話題を振る。

「そうだね。何かの本に、林羅山の生まれた場所は、『四条新町上ル』にあると書かれていたね。じゃあ、家から近いから一度行ってみればいいよ」と、私が返答する。

「では、ここの個所で、今日はお仕舞いにしようかな？」ゆっくりとそしてしっかりと読んでみせる。


——十六にして仕へ、三十にして退き、老母につかえて孝を盡し、四十にして隠遁の志を堅くせり。實に希代の隠士といふべし（略）——


「石川丈山がなぜ『畸人』と呼ばれたのか、その理由をここでは紹介しているわけですね」と、華栄子。人に問い掛けるかのようにして、話し始める。

「一六歳の時から家康に仕えはじめ、三〇歳の時家康の下を去り、武士の世界から身を引き、それから老母の面倒を見ながら、四〇歳にして引退の志を堅くした。そのことが世に珍しい人物だというわけね」

怪訝な顔をして、朗が聞いてきた。

「なんで、それが珍しいことなの？　さっぱりわかんないよ？」

「そうよねえ、今読んできた内容だけでは、奇人でも珍しい人でも何でもないかもしれないわね」と、庸子も同調する。

「これから学習することを少し先取りして説明すると、こういうことになるかな。いいかい。石川丈山という人はね、由緒ある武家一族の家柄の出で、彼自身文武両面にわたって人並み外れた才能の持ち主だったんだ。もしかしたら、将来大名になるかもしれない家系だったようだよ。

そんな家柄の出だったのに、一切の官職を絶ち、清貧にも耐え、漢詩、儒学という、いわば道楽の道に走った、というんだね。さらに言えば、一度ならず三度まで出仕への誘いがあったにもかかわらず、それをすべて断っているんだ。

彼がなぜそういう生き方を選んだのか。政治や権力との縁を絶って生きる道を、つまり、栄誉や名声を一切求めず、華やかな世界から自らを遠ざける生き方を、なぜ、進んで選びとったのか」と、一気に、私は今回の学修テーマともいうべき疑問をぶつけていった。

「なるほど。江戸時代初期の武家社会に生きる武門一族から、そんな人が出てきたというのは、『奇人』にふさわしいと言っていいんじゃないですかね」と、優人も同調しながら、思いを廻らしているようだった。

「というわけで、次回ももう少し詳しく丈山という人物を学習していこうね」

こうして、第一回歴史講座「石川丈山物語」を終えた。

七

毎週木曜日は午後二時四五分発の一三番系統市バスで、西大路八条から四条烏丸終点まで行くようになった。朗のサッカークラブへの送り迎えのためである。

今日に限っては一時間ほど早いバスに乗った。そして四条烏丸終点の一つ手前の四条西洞院《にしのとういん》で下車した。四条新町上ルのところに林羅山の生家を示す立て札かなにかがあるのではと推察して、それを探すのに一時間もあれば充分だと考えて、そうしたのである。

新町通りを四条から北上するとすぐに、右手、東側に京都インバンの看板が目に飛び込んでくる。

次女の枝莉《えり》がかつて勤めていた印章専門の会社である。創業が明治四五年とその業界ではおそらく最古参だろう。京都府知事から、同一業種で百年以上にわたり堅実に家業の理念を守り、伝統の技術や商法を継承し、他の模範となってきた企業として、「京の老舗表彰」を受けたとも聞いたことがある。

次女が寿《ことぶき》退社、出産。その何年か後、娘、夫、孫らと連れ立って祇園祭の宵山《よいやま》見物に行った際、この会社の正真正銘真ん前に放下鉾《ほうかぼこ》が立っており、その周りの賑わい、大喧騒のなか、社長とお会いしたことを思い出していた。現社長は六代目。初代社長である創業者のお名前が松原常次郎さんと伺ったことを今も覚えている。

そういえば、新町通りには山鉾が七つある。四条通りの北側だけでも四つ、放下鉾、南観音山、北観音山、八幡山が林立している。文字通り、祇園祭宵山の目抜き通りなのである。

そんなことを考えながらぼんやり歩いたせいなのか、錦通り、蛸薬師《たこやくし》通り、六角通り、三条通りまで行ってみたが見つからない。三条通りから逆戻りして四条通りまで今度は左右を注意しながらゆっくり南へ下ってみた。

江戸期の林羅山とほぼ同じころに活躍した豪商、「茶屋四郎次郎・同新四郎屋敷跡」の立て札はすぐに見つかったのに、お目当ての林羅山のものは見つからない。ひょっとして新町通りではないのかもしれないと思い、一本東側の室町通りを同じように辿ってみたが、ない。では一本西側かと西洞院通りを北上、南下とこれまた同じように辿ってみたが、ない。もう一度、新町通りをそれこそゆっくりと目を凝らして三条通りまで北上したが、また見つからない。これで四条通りまで戻って見つからなければ諦めようと思ったところ、あった。

新町通り蛸薬師上ル北東沿いに。新町通りに面してはいるが、見つけにくい奥まったところに立っていた。

その立て札には、こんな風に記されている。少し長くなるが、原文そのままを記しておきたい。

——林道春邸址
林道春、名は忠、一名・信勝、羅山とも号し、剃髪して道春という。先祖は加賀の人で、後　紀州にうつり、父信時の代に新町四条下ルに住んだが、天正十一（一五八三）年道春が生まれたころには百足屋町《むかでやちょう》のこの場所に移っていた。
道春は十四才の時　建仁寺に入り学問を志した。その後自宅で論語を講じ、若年にもかかわらず多くの聴衆を集めた。また藤原惺窩《セイカ》の高弟となり、慶長十二（一六〇七）年家康に召されて侍講となる。儒学者としてだけではなく、幕府創建にさいしての政治顧問となり、四代の将軍に仕え、各種の法令や公文書の多くは道春の手になったという。一方　江戸上野忍岡《しのぶおか》に学問所を建て、聖堂および昌平黌《ショウヘイコウ》の基を開いた。朱子学を幕府の官学として確立し、徳川幕府三百年の統治イデオロギーの創始者であった。著書は百七十種におよぶ。四代将軍家綱の代・明暦三（一六五七）年七十五才で没した。

百足屋町町内会――

八

一回めの歴史講座の日から早くも二週間が過ぎ、第二回目の日がやってきた。今日から小学校一年生の昴もサッカークラブに通い始めた。郎と昴二人の送り迎えという、新しい日常の始まりの日でもある。

今回は、「譯註先哲叢談《やくちゆうせんてつそうだん》　巻二」より、石川丈山のより詳しい履歴を学習することにした。前回と同じく、原文から一部を抜粋したコピーをみんなに渡す。私の方でゆっくりと読み進める。

――石川凹《あう》、初の名は重之、字は丈山、小字は嘉右衞門、六々山人と號す、四明山人、大拙、烏鱗、山木、山村、藪里《さうり》、東溪、三足、皆其別號なり、三河の人――

「ここはいいよね。前回の石川丈山の名前について、より詳しい説明を加えている部分だね」と、私の方で進めていく。

「初めの名前が重之。字《あざな》が丈山。そのあと、六々山人とか、四明山人とか、三足とか、漢数字が付いた名前もあるよね。」と華栄子。


——丈山家世々大府の遠祖に仕ふ、祖父正信長久手に戦死す、父信定も亦武名あり、——


「丈山の家系は代々松平家（徳川家）に仕えていたようね。祖父、名前は正信。長久手《ながくて》の戦いで戦死したみたいね」と、今度は庸子。

「長久手の戦いって、小牧・長久手の二つの戦場で、徳川家康と豊臣秀吉が信長の跡目争いをした戦いだったんでしたね？」と、今や、歴史好きに豹変した優人が気恥ずかしそうに聞く。

「その通りだね。その前に、何点か確認するよ。いいかな？」

「一五八二年の本能寺の変って知っているよね。朗ちゃん」と、問いかける。

「もちろん、知っているよ。織田信長が明智光秀に殺された事件でしょ。本能寺が今の場所じゃなかった、っていうこともね」

「詳しいね。本当によく知っているね。堀川高校の北側に、石碑が立っているのは知っている？」と、華栄子は畳みかけるように尋ねる。

「それも、知っているよ」

「家の近くにあるから、たまたま見つけたんだ」

「では、次の確認、いくよ。織田信長が本能寺で明智光秀に倒されたことを伝え聞いた羽柴秀吉が中国から取って返し、光秀と戦った。その戦いは？」

「簡単だよ。山崎の合戦、天王山の戦いともいうよ。秀吉が勝って、信長の天下統一を引き継ぐんだよね」と、郎の得意顔が頼もしい。

「でも、信長には息子が三人いたらしいんだ。長男信忠は本能寺の変の時に信長と一緒に殺されているから対象外。

次男信雄、三男信孝の二人は、自分こそ信長の後継者だと名乗りを上げて不思議ないよね」と、問いかける。

有力な家臣である柴田勝家は三男信孝を推したが、秀吉は亡き嫡男信忠の子、まだ三歳だった三法師を推すんだ。秀吉の腹はわかるね？」と、私は重ねて問う。

「自分が信長の後継者となって、天下取りを狙っていた秀吉にとっては、信長の次男信雄や三男信孝に後継者になられたのでは困りますもんね」と、優人の理解力はさすがである。

「そうだね。この後継者争いがきっかけとなって、三男信孝を担いだ柴田勝家と次男信雄を味方につけた秀吉の両陣営が戦いを交えたのが賤ケ岳《しずがだけ》の戦いなんだ。秀吉方が勝利して、負けた勝家、信孝は自害することになったんだね。これが一五八三年四月のこと。

この後すぐ、秀吉と次男信雄の仲が険悪になって、信雄は家康を頼るんだ。秀吉に対峙する家康・信雄連合軍ができたわけだね。この両者の戦いが小牧・長久手の戦いなんだ。

戦況は家康軍に有利に展開していたんだが、秀吉が信雄と和睦する形で、長久手の戦いは終息する。

両者痛み分けというところかな」

「で、話を元に戻すと、この長久手の戦いの最中に、丈山の祖父、正信は戦死したんでしたね。父、信定も有力な武将として果敢に戦った、ということですね」と、華栄子。

「賤ケ岳の戦いと長久手の戦い、二つともよくわかったよ、そうして秀吉の天下が始まるんだね、おじいちゃん」と、小学校三年生とはとても思えない理解力の早さ。その朗が声を弾ませて語りかけてくる。

「次の文に移ってくれていいよ」

朗に促されるように次を読む。


――丈山少壮にして勇人を絶つ〔人に過ぐ〕、元和元年大坂の役、獨り竊かに營を出でゝ先登《せんとう》し、首を斬ること二級、然も其令を犯すを以て黜《しりぞ》けらる――


「ここも、一六一五年大坂夏の陣の時の、一人先駆けして敵と戦った。この話も先週の復習になってしまったね」

「復習するって、とても大事だからね。学校の勉強と同じだね」と朗が気を遣って、元気よく反応してくれる。

次の文を読み進める。

――母老ゐ（＊ママ）家貧きを以ての故に、浅野侯に寄食す、居ること十歳、母病を以て卒《そつ》す（略）〔終〕りて辭し去り、叡山の麓一乗寺村に棲遲〔隠居〕し、翰墨〔文筆〕を以て自ら娯む、（略）丈山、嘗て漢魏より唐宋に至る能詩者三十六人を選び、画工狩野元信をして其像を寫さしめ、自ら其詩各一詩を録し、並べて以て、横木間に掲げ、號して詩僊堂と曰ふ――

「元和八（一六二二）年、丈山が四一歳の時に、故郷三河にいる年老いた母親を扶養するために、丈山自身も一旦三河に帰っていたらしいですね」と、華栄子。

「生活が苦しくどうしようもなくなったので、母親孝行のつもりで安芸藩というから今の広島県の浅野家に出仕することにした、ということですね」と、優人。

「それから、一〇年ほど経って、母が亡くなったのを機に、浅野家を去って、京都の一乗寺村で隠居生活を送ったということよね」と、庸子。

これらは、先週と同じ内容だけに、三人はさっさと進めたい様子を見せる。

――丈山は羅山と友義殊に深し、羅山集中、其往復の書三十八篇を載す、契分〔交誼〕見るべし、而して意見の同じからざる、終に相容れざるものあり、其三十六詩僊は是れ本邦三十六歌僊に倣ふなり（略）――

――初め其の之を定むるに、取捨議すべきもの、悉く之を羅山に問ふ、蘇武、陶潛、謝靈運、鮑昭、韓愈、柳宗元、劉禹錫、白居易、李賀、盧同、林逋、邵雍、梅尭臣、蘇舜欽の七對は羅山が改定せし所なり——

——羅山又曾鞏を以て、歐陽修に對し、王安石を以て蘇軾に對せんとす、而して丈山安石が人となりを惡み、之を取るを肯んぜず、則ち裁書〔手紙を作りて〕往來し、論辯置かず、丈山卒に從はず——

「林羅山との友情はとても深く、往復書簡が三八篇にも及ぶという内容ですね」と、優人。

「しかもほとんど意見の違いもなくね。ところが、三六詩仙を選ぶにあたって、羅山に意見を求めたとき、蘇武《そぶ》、陶潜《とうせん》、謝靈運《しゃれいうん》、白居易《はくきょい》など有名どころについては丈山は羅山に同意したものの、王安石《おうあんせき》については取り入れることを固く拒んだようね。そしてその理由が、『安石が人となりを惡み、之を取るを肯んぜず』というのでしょ」と、学生時代から漢文の素養を深めていた庸子が解釈を続ける。

「つまり、『人となり』、いわば人間性が酷い、政治家としての心構えが悪い、なってない。だからダメ。詩仙として採用しないと言っているのでしょ」と、見解を述べる。

「そうだね。丈山の考え方はそんなところだね。それに対して、羅山はこう反論しているんだ」

——羅山が書の略に云く、荊公〔安石〕の罪誠に足下の言の如し、而して其詩は千古に卓越〔抜出〕す、故に古今詩を評する者、胡元任、魏醇甫、蔡正孫の輩、荊公を謂つて一大家となさゞる者なし、夫れ君子は人を以て言を廢せず、故に孟子陽貨の語を取り、朱子の楚辭後語、乃ち荊公の詞を載す、（略）抑《そ》も六々詩僊の名、本邦の歌僊より出づ、歌僊は歌を取りて人を取らず、若し今人と詩とを論せ（＊ママ）ば、啻に詩僊のみならず、人僊と謂ふも亦可なりと――

「丈山、あなたの言う通り、王安石の罪は極めて重い。だけど、彼の歌う詩はずば抜けて素晴らしい。だから、詩を評価する人はみな、王安石を一大家として褒めている。そもそも君子たる者、『人を以て言を廢せず』といって、人間性が酷いからと言ってその人の作品を評価しないのはいけないっていうことよね」と、また庸子が漢文の素養を活かして、解釈を進める。

「そもそも三六詩仙とは、我が国の三六歌仙を準《なぞら》えて作ったはずです。その歌仙は歌によって選んでいるのであって、人を基準にはしてないはずです。因みに人によって選ぶのなら『詩仙』ではなく『人仙』というべきだと、辛辣な言い方までしていますね」と、優人も続ける。

「次の個所は、この羅山の反論に丈山が再度反駁を試みているところなんだ。かなり難しい語句が続くけれども、一気に読んでいくよ」

――丈山が答書の略に云く、古人曰へるあり、聖人以下小疵なき能はず、所謂謝王柳劉は併按すべし、垢を洗ひ瘢《きず》を索め〔疵を求むる〕ば、則ち誰か過なきを得んや、始あり終あるもの、其れ惟聖人か、介甫が如きに至りては、元惡大〔大惡人〕、何ぞ小疵に比せん、蘇詢の介甫を見る、猶孔休が王莽を見るが如し、詐術讒慝、放辟邪侈〔經語にして邪惡なること〕、先知の察する所を（のが）〔逃〕れ難し、彼れ一旦其暴戾《ぼうるい》（＊ママ）を藏すと雖も、政を執り志を得るに至り、果して凶邪を引用し、忠直を排擯し、終に文字を以て人を殺し國を亂し、禍後世に及べり、而して天下をして壞亡せしむ、罪焉より大なるはなし、周徳恭評して古今第一の小人となし、此一言最も公にして明なり、來書に云く、程子曰く、新法の行はるゝは、吾輩之を激成すと、昇庵曰く、此言亦非なり季氏は周公より富むに非ず、求や之が爲に聚斂〔苛税を徴収すること〕して之を附益すと、孔子曰く、吾徒に非ず、小子鼓を鳴して之を攻めて可なりと、此れ聖門の公案〔公正の裁斷〕なり、亦冉求の聚斂は孔子之を激成すと曰はざるか、來書に云く、君子人を以て言を廢せず〔言を棄てず〕と、某亦曰ふ、君子言を以て人を擧げずと——


「僕にはちんぷんかんぷん」と、朗。

「難しい言葉が多いわねえ」と、これは華栄子。

「文字を追いかけてるだけで、何が書いてあるのかさっぱりわかりませんね」というのは、優人。

「意味の理解できないところが何個所もあって、逐語訳的に理解することは厳しいわね」と、庸子もお手上げの様子。

「パソコン、持ってくるわ」

庸子は、隣の部屋からPCを引っ張り出してきた。PCで、語句を調べようという算段だ。

「じゃあ、人名から調べてみたら」と、作業手順を提案する。

「まず、介甫からかな」

「えーと、介甫、かいほ、っと」

「あったわ。介甫。王安石のことだわ」

「次は、蘇詢」

「蘇詢、そじゅん」

「蘇詢は、蘇軾《そしょく》、蘇轍《そてつ》の父だって」と、次々に、人名を調べていく。

孔休《こうきゅう》＝中国三国時代の呉の武将
王莽《おうもう》＝前漢の外戚、新を立ち上げる。中国最悪のペテン政治家
程子《ていし》＝中国宋代の儒学者
李氏《りし》＝中国古代国家、魯の家老
周公《しゅうこう》＝中国古代国家、周王朝の政治家、周公旦。

「じゃあ、次は読むのも難しい語句を調べようか」と、先を促す。

『讒慝』？？？　読み方もわからない。まず、上の字は？

庸子は、部首が「ごんべん」の漢字一覧から調べ始めた。

そして、「あった」と、嬉しそうに大きな声で叫ぶ。

『讒』―プラス一七画
音読みは、「サン」、「ザン」。訓読みが「そしる」

意味は「そしる」、「つげぐち」、「へつらう」、「陰口をして他人をおとしいれる」と読み上げる。次は、『慝』。さっきの『讒』と同じように、部首が「こころ」の漢字一覧から調べる。これもさっそく出てきた。

『慝』―プラス一〇画
音読みは「トク」。訓読みは「わるい」
意味は「よこしま」、「わざわい」

こうして、二文字合せて、「さんとく」か「ざんとく」と読むことがわかった。「さんとく」では、意味の通る語句が見当たらない。

で、「ざんとく」で調べる。「ざんとく」、「ざんとく」っと。『讒慝』の漢字が出てきた。意味は「よこしま、へつらう」など。

次は、「放辟邪侈」。これはすぐにわかった。

庸子は試みに、「ほうへきじゃし」と入力した。出てきた。「放辟邪侈」

意味は「勝手気まま、わがまま放題に悪い行いをすること」とある。

というわけで、一応調べは終わった。

「お母さん、お疲れさま」

みんなが声を揃えて慰労する。

「じゃあ、みんなで拍手を送ろうか」優人の発声で、一・二・の三で、拍手〜。

昴が一番大きな拍手を送る。いつもはなかなか話題に参加できない鬱憤を晴らすかのように、ここぞと存在感を示している。

「昴ちゃん、いいよ。すごいね。頑張ってくれた人に感謝するって、すごいいいことだね」と、華栄子が目元に皺を一杯寄せて微笑む。

「では、この語句を見ながら、内容理解に迫ってみようね」と、私。

「ここは、丈山が、羅山の書に対して返答する箇所だね。古人が言うには、聖人と言われる人でも、多少の間違いはあるものだ。丈山が三六詩仙に入れようとする人たち、謝霊雲、王維、柳宗元、劉《りゅう》菟錫《うしやく》なども、進退にはいろいろ問題があったようだね」と、私が冒頭個所を解釈する。

「ところが、王安石だけは大悪人で、少し傷があるというレベルではない。孔休が中国史上最悪のペテン師である王莽を見るように、当時民衆から慕われていた蘇詢が王安石のことを同じように酷評しているという内容ね」と、庸子。

「彼は、よこしまな性格で、勝手気まま、我儘し放題に政権を握っていた。そして、彼が行った新法という政治は、民衆に重税を課するなど、とんでもない悪政だったんだって」と、優人が加わる。

「また、孔子が言うには、『君子は、それを言ったのがよくない人だからといって、その言葉を捨てることはしない。と同時に、言うことが立派だからと言って、その人を挙げて用いることはしない』と、丈山は言っているわけね」と、華栄子が末語の解釈を加える。

「要するに簡単に言ってしまうと、王安石という人物は並みの悪党ではないと。そして、彼が行った政治改革、新法というのも国民のためというより自分の利益を図るために過ぎなかった、ということなんだね」と、私が最後のまとめをする形となる。

王安石を彼の詩の優れていることから詩仙の一人として選定するようにと主張する羅山に対し、人柄というか人間性というか、悪しき政治家だったゆえというべきか、そんな人物を詩仙の一人としては容認できず、頑なに受け入れまいとする。正義派丈山という構図である。

この王安石評価に関する丈山と羅山二人の確執は、両者のこれまでの生き方と深く関わっているのかもしれない。権威・権力・権勢に対する二人の姿勢が横たわっているのかもしれない。

自らの意に反しても権力に迎合し、上昇志向に突っ走る羅山。対して、頑なに富や名声と対峙し、権威権力に阿《おもね》らない丈山の生きる姿勢の違いと言い換えてもいいかもしれない。

「ちょっと待ってよ。そもそも詩仙堂の壁に調度品の一つのようなものとして備えつける物なら、住人の丈山が自分の好きなように決めていいはずなのに、なぜ羅山がこれほど執拗に王安石を推しているの。それに対して、何で丈山がそれほどむきになって反論しているのかしら。自宅の部屋の調度品なんだから、丈山が自分で勝手に決めればいいだけの話じゃないの？」

家具や調度類にかけては専門家はだしの一家言を持っており、何をどこにどう配置するかなどのコーディネートについてもなかなかうるさい華栄子が至極当たり前のように問いかける。

みんなは、「なるほど」と頷く。

「お母さんの言うとおりだと思うけど、丈山は自分の家の調度品にも、むしろ自分の家の調度品だからこそ、漢詩の大家のお墨付きがほしかったんじゃないの？」と庸子は相槌を打ちながらも、疑問を呈している。

「丈山は、よっぽど羅山をリスペクトしていたのかもしれませんね」と、優人。

「それで、最後はどうなったの？　王安石を詩仙の一人に入れたの？」と、朗は冷静に感想を述べながら、素朴な問いを投げかける。

「丈山は、結局、王安石を三六詩仙のなかの一人として選ばなかったんだ。羅山も、最終的にはあなたの好みに任せると言って、自説を押し通そうとはしなかったらしいんだね」と、私が返答する。

優人は、「そもそも王安石という人物はそんなに悪党だったんでしょうか。人物評としては、丈山だけではなく羅山も似たような意見でしたね。政治家ということでしたけど、どんな悪徳政治家だったんでしょうね？」

九

――重之殿、よくお聞きなさい。

老婆の言戯《ざれごと》なぞと、ぞんざいに扱ってはいけません。いいですか。

今は亡きあなたのお父上、信定様が戦さに際して武功を立てようとなされた執念のことは聞き知っていると思います。家康様の下で、武田軍との長い壮絶な戦いが繰り返されていた最中のことです。あれは天正六（一五七八）年ですから、お父上が三〇歳、あなたはまだお生まれになっていなかったころの話です。

武田勢の居城、駿州の田中城を攻略しようと、家康様の軍勢が一気呵成に攻め込んだときです。あなたのお父上もその軍にはせ参じ、敵勢と死に物狂いの戦闘を繰り広げていたその時です。あなたのお父上のことです。さぞかし勇猛果敢な武勇を遂げられていたのでしょう。

不覚にも敵方の槍に左股を突き刺されてしまったのです。その傷が癒えたあとも、戦場にははせ参じえない体になってしまいました。

残念ながら、お父様はその後、戦上での武闘、武勲そして立身の全てから見放されてしまったのです。お父上の無念さはあなたもよく知っているはずです――

「……」

この一件は、何度も母上から聞いている。

家康公の田中城攻めは、武田勢が田中城に進出した永禄一二（一五六九）年から天正一〇（一五八二）年武田氏の滅亡までの間、一五回以上行われた軍さである。その何回目か、まだ武田軍の方が優勢で、わが家康軍が劣勢な状況のころに、孤軍奮闘の甲斐なく、父君は不運に見舞われたと聞いている。

母君の手紙はさらに続く。

――あなたのお爺様、正信様も譜代衆に相応しいお振る舞いを貫かれた方でした。わが松平家が今川軍と同盟を結び織田の軍勢との戦い、世間では安祥城《あんじょう》の合戦として語り継がれている戦いのときです。お爺様は当時織田信秀に奪われていた安祥城に先登を遂げて、お城の攻略に成功なされたのです。

なんと先登ですよ。先登……しかも、たったお一人で。

その勇猛果敢な闘いぶりをお殿様に愛でられ、あなたも知っているように、「長吉《ながよし》の佩刀《はいとう》」を頂戴なさったのです。

そして、三河一向一揆の時には、わが父上、本多重貞様とともに、お母さまや私たち子どもらを顧みることもなく、一揆を鎮圧するために小川城に立て籠もって奮戦されたのです。

残念ながら、そのお爺様も、天正一二（一五八四）年、あなたが二歳のときですから、覚えているはずもないでしょうが、その年の四月八日、秀吉との壮絶な戦いのなか長久手の地にて奮戦むなしく、ご戦死なさったのです――

今回の大坂の陣が私の人生にあっては最後の大戦《おおいくさ》になるに違いないと腹を決めていた。ここまで母君の手紙を読み進めて、その思いはますます強く固いものになった。

母君の思いは痛いほどわかっている。

父方の血筋を見ても、皆それぞれ錚々《そうそう》たる戦歴を残されている。

高祖父信貞君は、松平長朝様にお仕えして、今川氏親氏との合戦の時には軍監を務められた、と聞いている。かなりの軍師であったようだ。

曾祖父信治君は、家康公の祖父に当たる清康様にお仕えしておられたころ、享禄三（一五三〇）年、三河国宇利《うり》城を攻めたときの闘いで大層なご活躍をされ、一族の名を高められたようだ。

そのご功績のおかげで、お殿さまから、今のわが石川一族が住まいする参州泉村の地を知行されたことも、父母から何度も聞き及んでいる。

それに引き換え、私はどうだ。母君からすれば、わが息子、重之はどうなんだ、と。


一六歳のころより、家康様の御麾下《きか》には属しているものの、関ヶ原の戦いでは秀忠様の陣中にいて関ケ原の戦場に馳せ参ずることすらできなかった。昨年の大坂冬の陣の時にも幸か不幸か、豊臣氏の主力勢と雌雄を決するような戦場に出くわすことなく、戦果を挙げることができなかった。

おそらく今回が豊臣氏との最後の戦いになるだろう。そしてそれは大御所様、将軍秀忠様の下での幕藩体制の強化に、ひいては戦国の戦乱の世を終息させ、天下泰平の世へと歴史を転換させることを意味するだろう。

武功を挙げることを企てるなら今度の戦さが最後の機会であることは疑いようがない。

私も早や三四歳。一三歳の時、出仕を志したが、なぜか父上に認めていただけなく、家出して大叔父石川信光様の許に走ったことを遠い昔のこととして甦る。

一六歳の時、父上が亡くなったその後すぐ、石川家一族の縁で、わが弟重治とともに家康公に召し抱えていただき、石川家の嫡子として武門の家系を継がなければならないとの覚悟を固めたことも昨日のことのように覚えている。

母の手紙を見ながら、昔よく聞かされた話を思い出す。

「あなた様は幼少のころから、お父様から厳しく学問も武術もそれより何より精神を鍛えていただいたのです。そのお陰で母親の私から言うのもなんですが、頑健な身体、明晰な頭脳、堅固な意志を持つ武人になったのです。そして嫡子として一族を養うべく、将来を嘱望されるいっぱしの武将に育ってくれたと思っています」

また、こういう話もよく聞いた。

「あなたが四歳のころの話です。わが父君重貞様が所用で野寺の本宗寺まで行かれる際に、自分も連れて行ってほしいと懇願して、なんと往復約六里の路を歩いたのです。それほど利《き》かん気で頑強な幼子だったのです」

私の幼少のころのことなので、記憶のあいまいなことも多いが、母からは他にもこんなことも聞いていた。

「あなたが五歳の時にはこんなこともありましたね。

あなたが疱瘡に罹って靨《えくぼ》のできるあたりが化膿して鼻が塞《ふさ》がって苦しんでいたときのことです。私のお父様重貞の弟君、あなたにとっては大叔父である本多正重様が、膿で腫れた鼻を竹刀でくり抜き治療してくださったのです。

そのときのあなたは泰然自若。この表現が決して大げさでないほど、気絶してしまいそうなほど痛いはずなのに、それを平然と絶え忍んだのです。気丈な子と、みんな驚かれていました。

そしてあなたが六歳の時、父信定様はこんな風に仰っていました。『この子、常の児子に非ず。大人して日本第一の英俊の人となるか、日本第一の悍悪《かんあく》の人となるか』と。

つまりそれはあなたの力量を高く評価されていたこと、その能力を世のため人のために発揮してほしいと願われていたということなのです」

母の手紙はさらに続く。じっくりと目を通す。

――あなたが一三歳の時、出仕しようとされましたね。そのとき父信定様はお許しにならなかった。なぜだかおわかりにならなかったでしょうね。私には痛いほどわかりましたよ。

お父上は、高祖父の信貞様以来、松平家譜代の家臣団の出だったのに、田中城攻めの際の戦傷の後遺症が原因で家康様の関東への国替えに際して帯同を許されなかったのです。

それからというもの、あなたの元服の儀式もままならないほどの俸禄しか戴けない惨めな境遇に成り下がってしまったのです。そのことを随分お悩みになって、近々形だけでもお祝いをしてやりたいとお思いのころに、あなたが出仕の志を告げられたのです。お父上としては、息子のあなたにそのような事情を吐露するわけにもいかず、お許しにならなかったのです。

あなたが夜半秘かに家出してまで、祖父正信様の弟君の石川信光様の許に身を寄せられたことがありましたね。お父上はあなたを連れ戻そうとはなさいませんでした。大叔父信光様は当時、家康様のご四男松平忠吉様にお仕えし、千二百石という高禄で留守居頭をお務めになられていました。お父上は、人を介して大叔父様にあなたのことをよろしくとお願いもされたのです。お父様の胸のうち、今でも心痛む思いなのです――

これまで聞いていたことも、初めて聞いたこともあった。胸の高まりを覚えた。心に沁みた。なぜか涙がとめどなく流れた。

そして文末に、母の激情に駆られた悲痛な叱咤の叫びが綴られていたのだ。

――今回の戦さ、あなたにとって今生最後の戦さなるぞ
お爺様のように先登を遂げよ。他に優る戦功を挙げよ
そしてお父上の無念を晴らせ。わが家の汚名を雪《そそ》げ
それが叶わねば、親子の縁を断たれると思し召されよ――

一〇

京都市内の街路にハナミズキやツツジの白や深紅色の花が鮮やかに映える季節。五月の第二木曜

日、第三回めの歴史講座の日を迎えた。

「ねえねえ、おじいちゃん。なんでこんなに難しい漢字や古い昔の言葉ばっかり出てくる本を選んで学習するの?」と、とても熱心な受講生(?)の朗が、前回の学習会が終わってから、ため息混じりに訴えてきた。

「そうだね。難しかったかもしれないね。それはね、歴史の真実を知るためには、その原点というか、その本人から直接聞いたり、語ってもらったりするのが、一番いいだろう。本人が何も語っていないという場合、その人の周りの人、その人をよく知っている人から聞いてみるというのが、いいと思うんだね。

そんなことから、今の人の、今の言葉じゃなくて、丈山自身が生きていた時代やそのすぐ後に書かれた本が、より真実に迫れると考えて選んだ資料なんだ。わかってくれるかな」

「よくわかったよ」と、いつも大人の気持ちを斟酌して、応えてくれる朗。利巧過ぎる。

朗の心優しい気持ちに寄り添うように、今まで以上にかいつまんで話を進めることにして、今回は石川丈山の家系図を使って、彼の家系について、整理してみることにした。

まずは、父方の石川家から遡ってみる。

出典は小川武彦・石島勇の共著『石川丈山年譜本編』から探してきた。

次男の昴はもう全然興味がないという風である。庸子や華栄子らに、UNOで遊ぼうと誘っている。二人は耳をこちらに向けながら、昴の相手をしてUNOに興じている。

「最初に、『清和源氏石川信茂流系図略譜』を見てみよう。なんと、最初にある名前は、『源義家(鎮守府将軍)』とあるね」

「石川丈山の祖先を辿っていけば、丈山は清和源氏の子孫だったってことですよね」

「そういうことだね。で、その子が『石川義時(佐兵衛尉)』。ここから石川姓となっているね」

「義時は、源氏の棟梁を望んだが果たされず、石川姓を名乗ったということですね」

「そうだね、で、その後を辿っていくと、義基・義兼・頼房……六代続いて、『信茂(婦部助乎爾三郎)』とある。この人が表題の『清和源氏石川信茂流系図略譜』の『信茂』なんだろうね」

「このあとの七代目に、『信貞(大炊助)』、八代目が、『信治(嘉右衛門尉)』という名が出てきます。この『信貞』が、丈山にとっての高祖父。『信治』は曾祖父に当たるんですね」

「そして、その子が『正信』。丈山の祖父。そしてその子が『信定』。丈山のお父さん、そしてようやく、丈山にたどり着いたね」と、優人と二人で、朗の様子を伺いながら、素人将棋の序盤戦のように手早く話を進めていった。

「次に、『石川家系図』があります。これを読み進めます。丈山の高祖父、信貞からです。彼から順に、それぞれの人に簡単なコメントが記されています。高祖父というと、丈山本人からすると、父―祖父―曾祖父―高祖父の順に遡るので、四代前の直系親族ということになりますね」

「高祖父信貞は、松平長朝(徳川家康の高祖父)に仕え、今川氏親(今川義元の父)との合戦の時、軍監という重要な任務を務めていた、と記されています」

「一説によると、彼、信貞は、兵の数では敵方今川軍「一〇」の兵力に対して、味方の松平軍は「一」

の兵力という圧倒的不利な状況で、勝利を収めたらしいよ。抜群の戦略家だったということだね」

「松平家（徳川家）は今川家と対立していたんだね。しかも松平家の方がずっと弱かったんだね」と、朗はよくわかったと、頷きながら聞いてくる。

「そうだね。一六世紀の初めころは、今川家の力は今の愛知県、静岡県あたりでは絶大だったと思うよ」と、優人が相槌を打つ。

「次は、丈山の曾祖父、信治の番だね。丈山の三代前の直系親族に当たるね。彼の代に、参州泉村（現安城市和泉村）の郷に領地を与えられたと、記されている。丈山の生まれ故郷となったところだね」

「曾祖父、信治の説明には、こんなこともあるわよ。『隠居して道雲と号す。家で老衰死したとも。そして四男がいた』とね」と、昴とUNOのゲームに興じていると思っていた庸子が、不意に話の輪に入ってきた。どうも、昴がUNOに退屈してきたようで、こちらの話が気になってきたようだ。

「そうよね。この戦国の時代に、家の寝床で、自分のお布団で亡くなることって、珍しいことよね」と、同じく、昴のそばにいて、資料をチラ見しかしていなかったはずの華栄子も、話題についてきている。

「お母さんも、おばあさんも、聖徳太子みたいな耳を持っているんだね」と、朗が、UNOをしながら、話も聞いていた二人を上手に持ち上げて、うまいことを言う。

「四男って、四人、男の子がいたってこと？」と、今度は、昴も母庸子の言葉を聞いていたのか、久しぶりに話に入ろうと頑張っている。

「そうだね。丈山の曾祖父の信治には、男の子が四人いたんだね」と、優人。

「その四人の名前は、『長男が正信（嘉右衛門尉）。次男が信光（遠江守）。三男が忠重（又右衛門尉）。

そして四男が定勝（善弥）』と書いてあるわね」と、自らは三人の子を産み育んだ華栄子が感慨深げに呟《つぶや》く。

「この長男、正信が丈山の祖父に当たるんだね」と、自分が長男である朗が、なぜか、興味深げに問いかける。

「確かに、朗が言うように、丈山の祖父は長男だったんだね。それから、後で出てくるんだが、丈山の父も、丈山自身も長男だったんだよ」と、自分も長男の優人が心優しく言葉を添える。

そして続けて、

「丈山の祖父、正信は、松平広忠（家康の父）に仕えていたんですね。

で、天文一七（一五四八）年九月に、松平広忠は今川義元と同盟を結んで、織田信秀（信長の父）に奪われていた安城城を攻めたんです。

その主君広忠の配下として攻撃に参加したとき、祖父正信は、先登を遂げているんです」

「そして戦闘に次ぐ戦闘の末に、天正一二（一五八四）年四月八日、小牧・長久手の戦いに従軍し、不幸にも戦死した、と記されているわよ」と、華栄子も、正信が身命を惜しまずに奮戦したことをなぜか誇らしそうに言う。

次に、祖父、正信の弟三人のことが記されている。

「直近の弟、信光。彼と同じくこの後の二人も、丈山にとっては大叔父に当たるんだね。丈山が一三歳のとき、父から出仕を拒絶された後、家出して頼った先がこの大叔父の許なんだよ。

この大叔父は遠江国《とおとうみのくに》浜松城主松平忠吉（家康の四男）の下で千二百石の禄を食んでいた、とだけ記されているね。

この大叔父のことより、その息子吉信の方が少し多く記されているんだ。彼は、父とともに松平忠吉に仕え、関ヶ原の戦いの際には力戦奮闘し、敵将の首を取って、忠吉より特別の恩賞として乗馬を賜ったんだね。

このような特別の恩寵を戴いた吉信の忠吉への奉公の思いが深かったんだろうね。この主君吉信が、若くして病死した（享年二八歳）とき、悲しみの余りか、忠義の故か、主君の後を追って、殉死した、という史実も記されているよ」と、私は、淡々と話を続ける。

そして、

「次の二番目の弟は忠重だね。

彼は、秀康（家康の次男）に仕え、参州と遠州の間を行き来して様々軍功を挙げて、越後中將に取りたてられた、との記録があるね。

三番目の弟、四男は定勝だね。

彼の横書きには、『義直（家康の九男、一六〇七年家康の四男忠吉の死後、その跡を継いで尾張国清洲城主となる）に仕える』と記されているだけだね」

「そして、丈山にとっての祖父正信と大叔父に当たる信光、忠重、定勝の四人全員に、家康は彼らの薫陶を称された、と書き添えられているね」と、一気に、間髪入れず、まくしたてるように一人で喋り続けた。

いよいよ、丈山の父、信定のことを話す順番になった。さらに力を込めて話をする。

「ここまではいいかな。では、いよいよ、丈山の父、信定だよ。

彼は天文一七（一五四八）年の生まれで、家康に仕え、三河から遠州に移り、懸川《かけがわ》に仮住まいをしている。天正六（一五七八）年、三〇歳のとき、駿州田中城を攻略する際、不覚にも左胯《また》に敵兵の槍先を受け、一生傷を被ってしまったんだ。

その後活躍の舞台が無かったんだろうね。父、信定に関する文献資料は全く見当たらないんだ。

そして五〇歳の時、帰らぬ人となった。そのとき丈山はまだ一六歳だったんだ。早逝と言って過言でない若さでね」


高祖父―曾祖父―祖父と、その時々の戦さで目覚ましい戦果を挙げたのに対して、父信定には確かな戦績がない。

天下の家康公の譜代衆の一人として、何ら戦果を挙げられなかった彼の口惜しさ、辛さ、悲しさ、どう表現していいのか。彼の心のなかには、名状しがたい打ちひしがれた屈辱の情が渦巻いていたのではないか、とそう思わずにはおれない。

企業戦士の優人がうんうん頷きながら、語りだす。

「その気持ち、よく理解できますね。私の会社にも仕事より家庭と割り切って世間の名声とか出世とかに関心を示さない先輩もいます。でもそういう人は少ないです。

その逆に、家庭を顧みず仕事に没頭する先輩、そして出世街道をまっしぐらと、そういう先輩の方が多いですね。

それなのに、会社のために情熱を燃やして頑張ってきたのに、出世とか名声とかと縁のなかった先輩もいます。そういう先輩たちはどこか寂しそうです。

ましてて丈山のお父さんは頑張ろうにも頑張れない身体になってしまっている。としたら、その屈辱感というか無念さというか、計り知れないものがありますね」

横に座っている庸子もここは喋らずにはおれない体《てい》で、口を開く。

「丈山のお母さんだって、旦那さんの側にいて心中を慮《おもんばか》っていたに違いないから、どんなに不憫に思っていたか察しがつくわ。だって親族皆んな活躍して出世して、恩賞もいっぱい頂戴しているのに、自分の旦那だけ埒外に置かれるなんて屈辱以外何物でもないわね」

「なるほどね。朗ちゃんや昴ちゃんは、どう思う？」と、子どもたちに何か一言、言わそうと気を遣って、華栄子が尋ねる。

「そりゃ、お父さんが会社に行っていたら何にもわからないけど、病気か怪我なんかして、いつも家にいたとしたら、なんか感じるだろうな。出世とか、わかんないけど。ねえ、昴ちゃん？」と、朗は昴にも同じ考えだよねと、同意を求めるように語る。

「お父さんがいつも家にいる？　そんなの変だよ」と、昴もあり得ないという表情で、もぐもぐ呟《つぶや》く。

「なるほど、みんなの考えは大体そうなんだね」

今日は随分話が盛り上がって、時間が遅くなってしまった。急いで帰り支度を済ませ、家路についた。最終便の市バスがあったので助かった。他の乗客もあまりいないがらんとした市バスの二人座席に、華栄子も私も一人独占してゆったり座って、今日の学習会の様子を反芻してみた。

――丈山は、天正一一（一五八三）年、夫、信定とその妻との間の長子として誕生している。

「丈山年譜」から推察すると、父信定は三六歳のとき、最初の子、丈山を儲けたことになる。すると、母との婚姻は三〇歳を過ぎてからと考えてよい。その後四人の子を授かっていることから察すると、母の年齢は資料がないので軽々に断ずることはできないが、二〇歳前後か二〇代中盤だったのではないか。年の差婚と言っていいのではないかと思われる。

なぜ、父と母の年齢にこだわるのか。それは、父が一生傷を被ったのが、三〇歳のときだったことと関係がある。先ほどの推測が間違っていなければ、おそらくその時、つまり、父が仕官に耐えられない身体になったとき、まだ二人は結婚していないのだ。

では母は、不遇な境遇の、将来を望めない男と結ばれたことになる。なぜ、母は父の許に嫁いだのか？――

なんとも解しがたい。母の境遇はどうだったのか。不遇の男との婚姻に納得せざるを得ない何か特別な理由があったのか、それとも夫への同情なり、また格別な恋慕の情があってのことなのか。

次は、母方の家系を訪ねてみよう。母が嫁いだ理由のヒントがつかめるかもしれない。そんな思いを巡らしながら、バスに揺られていると、西大路八条のバス停に着いていた。

一一

石川丈山が大坂の陣の後、蟄居を命じられてしばらく身を潜めていた妙心寺。その塔頭《たつちゅう》東林院は「沙羅双樹の寺」の名で有名である。ここの数十本の沙羅の木に白い花が咲き、雨に打たれてはすぐに散るいかにもはかない梅雨の季節の真っただ中、今日もしとしとと雨が降り続いている。あいにくサッカークラブは中止となったが、丈山の学習会はある。

今回の学習は、石川丈山の波瀾に富んだ生涯の基となる両親の婚姻のいきさつ、なぜ母は不遇の父を配偶者に選んだのか、その母の思いに迫るという、真実を極めることが極めて難しいテーマを取り上げることにした。

華栄子と嶋家の人たちには、先の父方の時に引用した資料、『石川丈山年譜本編』から、このテーマに関連する箇所のコピーを事前に渡し、予習がてら読んでおいてもらうようにした。そして、みんなの意見をそれぞれ語ってもらうことにした。

平成二九年告示の小・中学校学習指導要領には、授業改善の視点として「主体的・対話的で深い学び」を取り上げている。いわゆる「アクティブ・ラーニング」である。私たちの学習会でも参加型というか、双方向型というか、全員が自分の意見を出し合う学習をやってみようということになった。

優人　「年譜には、『石川丈山の母、名は不詳』とありました。その他の境遇等については何も書かれていませんでした。父、信定との婚姻についても伝えられていません。何か因縁めいた不可解なものを感じます」

庸子　「『丈山の母、彼女の父は本多重貞（藤左衛門尉）』丈山四歳のとき和泉から野寺まで三里の道を一緒に歩いた、あの外祖父』という記述があったわね。

その他の彼の事績については、三河の一向一揆において家康の軍団に組し、奮闘し戦功を挙げたことよね。それ以外には何の記述もなかったわ。もっと詳しい記載があってもいいのに、不思議議というか、不可解よね。丈山の祖父なのにね」

華栄子　「『丈山の外祖父、重貞の父は本多俊正。この俊正に四人の男子があり、長男が重貞で、次男が正信。三男は「某」とのみ記されており、不詳。四男が正重』とあったわね。

それから、次男正信には、『天文七生、元和二・六・七没。七十九歳。初正保、正行、弥八朗。佐渡守』と横書きされていたわ。

また、四男正重にも、姓名の横に『天文十四生、元和三・七三没。三弥左衛門』と記されていたわ」

朗　「ところがビックリだよ。丈山のおじいちゃんは長男なのに、『藤左衛門尉《とうざえもんのじょう》』と読むんだね。そう書かれていただけだよ。何年に生まれたとか、何年に亡くなったとか、いろんな名前とか。何にも書いてなかったよ」

庸子　「そしてよ、そのおじいちゃんの子どもの欄に『女』と不愛想にというか、無造作にというか、そう書かれている人が丈山のおかあさんなのよ。いくら戦国時代か江戸時代の初めかにしても、男尊女卑に凝り固まった考えとしか言いようがないわね」

私　「長子である重貞に関する記載がほとんどないのは、彼が幼いころに青野家に養子に出たことと関係があるのかなあ。

それで、丈山のお母さんが、どうしてお父さんと結ばれたか、それは、どう思う？」

優人　「んーん、とても難しい問題ですね。思い切ってこんな仮説を立ててみたんですけど、どうでしょうか？

つまり、丈山の外祖父重貞は、松平家の間諜《かんちょう》、密偵、いわゆるスパイだった。丈山が四歳の時、重貞お爺ちゃんと野寺の本宗寺まで歩いて往復したというエピソードがありましたね。重貞爺さんが何しに本宗寺へ行ったたか、『年譜』には語られていません。

だからあくまで推測にすぎませんが、本宗寺は三河一向一揆の時の一揆側の拠点だったわけですから、重貞爺さんはその残党の動きを探る役目、間諜をしていたとは考えられませんかね？

彼が間諜だったとすると、その子、丈山の母は世間様の表舞台には出られない存在だと自らを認めざるを得なかった。だから、立身や出世の目のない父との婚姻を決めたと、いう仮説です。どうでしょうか？」

庸子　「面白い仮説だと思うわ。でも私は、もっとストレートに純愛に生きた女性像を描きたいわ。お父さんの名誉や地位を求めない男らしさとか一途なところとか外連味《けれんみ》のないところとか、そういうところに恋い焦がれて一緒になったと考えたいわ」

朗　「昔って、子どものころから結婚相手が決められている、許嫁《いいなずけ》っていう人がいたって、誰かから聞いたことがあったけど、そういうことじゃなかったのかなあ。

さっきお父さんが言っていた三河一向一揆の時、丈山のお父さんのお父さん、信治おじいちゃんとお母さんのお父さん重貞おじいちゃんとは、どっちも一揆をやっつける側で頑張った人だったんだから、その時、子ども同士の結婚を約束した、というのはどう？」

華栄子「朗ちゃんは、なんて鋭いことを思いつくの？　大人顔負けね。そういうことがあったのかもしれないわね」

私「本当だね。大人顔負けだね。そんなことを仄《ほの》めかす研究者もいたぐらいだからね。

父信定の誕生が一五四九年で、三河一向一揆は一五六四年だから、当時父は一五歳だね。母が一〇歳若かったとすれば五歳になる。年齢的にはぴったりかもしれないね。それぞれみんなしっかり考えているね。どの推測もそうかもしれないと思わせるものばかりだったね。

資料的裏付けがないから、『これで決定』と決められないのが残念だけれども。この話題はこれくらいにして、今日はお仕舞いにしようか。次回は、丈山の母方の家系をもう少し詳しく見てみることにしようね」

一二

今回も事前に資料を読み込んで、それなりに知識を蓄えてから学習会をしようということになった。アクティブ・ラーニングの継続というのか、今流行りの反転授業というのか、そういった類いの学習スタイルを採用しての学習会である。

お陰でここしばらくは、木曜日の嶋家での夕食後は、朗や昴を囲んでウノやトランプ、オセロやジェンガなど、ゲーム遊びを楽しむ団欒の場となった。

いつしか気づけば、紫陽花が色鮮やかに咲き、四条烏丸界隈の山鉾町にはコンコンチキチンと二階《にかい》囃子《ばやし》の音色が響く、京都人にはいよいよ夏到来を思わせる季節となった。

ようやくみんなの準備が整った。久しぶりの「歴史学習—石川丈山の巻」である。

母方の家系を追いかける手はずになっている。

私　「少しだけ前回の復習をしておくね。
丈山の外祖父の重貞、つまりお母さんのお父さんね、彼は長男で三人の弟がいたわけだね。覚えているかなあ。で、次男が正信。三男は「某」とあってくわしくはわからない。四男が正重、とあったね」

朗　「次男の正信とその息子の正純、「まさずみ」って読むんだね。この親子二人は江戸幕府の重要な人物だったんだよ。マンガ「日本の歴史二八—徳川家康の天下統一」には何度も登場してるよ。紹介してみるね。
まず、関ヶ原合戦の後、家康がその戦いの論功行賞の調査を六人にさせたんだけど、その六人のなかの一人に、本多正信が入っているんだ。

次は、京都所司代の板倉伊賀守の任命に正信が関わっていた、とあるよ。三つめは、家康が秀忠に将軍職を譲ったとき、豊臣秀頼にも挨拶に来るように言ったらしいんだね。それを伝え聞いた秀頼の母、茶々が『われらに徳川の臣下のごとく挨拶せよと申すのか！』と怒り狂ったんだって。そのとき、家康は『正純を呼べ。みなを集めよ』と叫んだと書いてあったよ。で、その時の側近の一番が、本多正純っていうことだよね。まだあるよ。四つ目は、大坂冬の陣でなかなか決着がつかなかったときのことだよ。こんな風に書いてあった。和平交渉の徳川方として、『本多正純・阿茶局（家康側室）豊臣方　常高院（淀殿妹）』とね。

つまり、正信、正純の親子は、家康から大変頼られていたということだよね」

華栄子「朗ちゃん、ほんとすごいね。マンガ『日本の歴史』も詳しいけど、それをきちんと読める朗ちゃんって、すごいね。

私は、昔の日本史の教科書を引っ張り出して読んでみたけど、本多正信、正純親子のことはどこにも出てこなかったわね」

庸子「私も高校の教科書を開いてみたけど、本多の『ほ』の字も出てこなかったわ。だから日本史用語集で調べてみたら、あったのよ。

——本多正信《ほんだまさのぶ》　一五三八～一六一五　家康の駿府引退後、老中として二代将軍秀忠を補佐。また家康の信任も厚く多くの献策をした。

——本多正純《ほんだまさずみ》　一五六五～一六三七　老中本多正信の長男。宇都宮藩主。家康の信任が厚く、秀忠の執政となる。反対派の策動で一六二二年に改易され、流罪となる――とね」

華栄子「朗ちゃん、昴ちゃんのお母さんもすごいね。ちゃんと調べてきたんだ。『正純の反対派の策動で一六二二年に改易され、流罪』っていうのは、どういうことなんだろうね。気になるわね」

優人「僕もちゃんと調べてきましたよ。ネットで調べた分は朗のと重複する部分がいっぱいあるから、それは省略しますね。

朗が調べた内容にはなかったことが『ジュニア版　日本の歴史』っていう古～い本に載っていました。紹介しますね。

大坂城という固い城の守りを崩すことができなかった家康が、冬の陣をひとまず止めて、講和を結ぼうと申し出た場面です。その時の講和の内容が極めて上手に仕組まれたわなだったようです。こんな風に書いてありました。

――大坂城の外堀を埋める工事は、家康の腹心本多正純によって行われた。正純は、外堀を埋めると、さらに内堀を埋め立てる工事に手を付けた。大坂方が文句を言うと、『自分は父正信の命でこの仕事をしている。文句があるなら、父と話し合ってもらいたい』といって承知しない。そこで正信にかけあうと、『自分は今病気なので、三日間だけ待ってください』という。もちろんそのあいだに、内堀は埋められてしまった。このあと大坂へ来た正信は、ひたすら大坂方にあやまり、『正純の不始末は、まことに申し訳ない』と。……

いかにも恐縮をしているようであるが、じつは家康と本多父子とが、相談したうえでのたくらみだったのである――

丈山の母の父、つまり丈山からいうと外祖父重貞のすぐ下の弟、正信とその子正純親子は、家康の下でとても重要な役割を担った人物だったということですね」

私「そうだね。みんなの事前学習、素晴らしいね。では、本多家の次男正信とその子正純がなぜ、これほど家康から重用されたのか。逆に、長男の重貞が、何故、重用されなかったのか。みんなはどう思う。

それから、もうひとつ。丈山のお母さんは、正信、正純父子のこと、お母さんにとっては叔父さんと従弟に当たる人だね。この二人のことをどう思っていたんだろうね。どう思う？」

優人「僕は、重貞が間諜だったのでは、という先の説をとりたいと思いますね。だから、家康から大切にされてないような扱いを受けざるを得なかった。でも本当はとても重用されていた、と思いますね」

庸子「私は、重貞、早逝説をとるわ。丈山と一緒に野寺へ行ったあと、しばらくして病気かなにかで亡くなったんだと考えるわ。

丈山が疱瘡で苦しんだとき、もう亡くなっていたんだわ。だから、祖父の重貞じゃなくて、その弟、丈山にとっては大叔父にあたる正重が荒療治をすることになったんだと思うわ」

華栄子「私は、重貞という人は武闘派の代表的な人だったんだと思う。武士に文字や書物はいらない。学問で生きることも理屈を飾り立てることも性に合わない。武功を以て主君への忠義に生きる。そんな生一本の武闘派の人っていうイメージがあるわ。一向一揆の時も、家康側、つまり一揆を鎮圧する側だったでしょ。だから、関ケ原の戦いまでは活躍できたんだけれども、それ以降は活躍の場がなかった、と考えればどうかしらね」

庸子　「それに対して、正信、正純父子は、文人派だったというわけね。信仰も学問も大事にする。大義名分も大切にする。そういう人を、家康は幕府創設以後、重用するようになった。だから、正信、正純父子を格別に用いるようになった、というわけね」

優人　「家康が、正信正純父子を重要なポストに据えた理由は、僕もそうだと思うね」

華栄子「私も同感よ」

朗　「それじゃ、僕も同感」

昴　「僕もだよ」

私　「なるほど、みんなすごいね。

　じゃあ、次の課題。丈山のお母さんは、正信、正純父子のことをどう思っていたんだろうね。これについてはどう?」

華栄子「私は、親族としての理想を言うわよ。自分の父のことは置いといて、親族の誰かが出世していくのは嬉しいことだったと思いたいわ」

庸子　「私もそう思いたいけど。でもね、丈山のお母さんの気持ちを察すると、複雑な感情が働いていたと思うわ。身近な親族だけに嫉妬心とか、そんな感情が湧いてくるんじゃないかなあ。なんで自分の親や息子は出世の糸口も見いだせないのに、あの人たちだけ、という気持ちになっても不思議じゃないわね」

優人　「お母さんの丈山への叱咤の手紙から判断すると、庸子の考え方が理屈に合っていると思いますね」

朗　「僕は、おばあちゃんの優しい気持ちの方がすっきりするよ」

華栄子「朗ちゃんは、本当優しいね。いい子ね。私が考えたのも親族としての理想形を言っただけよ。そうあってほしいという願望に近いわね」

一三

「おぬし、剃髪せよ。そして、名を道春と改めよ。今からおぬしは、林道春じゃ」

家康公より、お達しがあった。

忸怩たる思いで、この命を聞いた。甘んじて受け入れざるを得ないのか。拒むことはできないのか。儒者である私に、公がなにゆえ仏者の如くに剃髪を、禅に生きる者の如き名をお与えになるのか。儒家として出仕を許されたのではなかったのか。

慶長九（一六〇四）年、二二歳のとき、わが人生はそれまでと大きく変容する。

そのひとつは、わが師藤原惺窩《せいか》先生との出会いである。そしてもうひとつは、その師を介して家康公に謁見する光栄を得たことである。

「どうだ、私のもとに仕官せぬか。おぬしの名声はわしの耳にも届いておるぞ」

「私は、その器にはございませぬ。それに、政道には興味も関心もございませぬ。他になさねばならぬこともございます」

「どうにもならぬか。惺窩」

「はい。申し訳ございませぬ。もし私の我儘をお許しいただけるなら、弟子に優れた儒者がおります。公のお役に立てると存じますゆえ、推挙致しとうございます」

慶長五（一六〇〇）年、九月の関ヶ原の役がわずか一日で終息した後のある冬の寒い日、わが師、藤原惺窩先生は、深衣道服《しんいどうふく》という儒服を身に着けて、家康公との謁見に臨まれた。それは師匠にとって、僧侶ではなく、儒者としての立場を初めて公にする企みであった。

幕臣にあっては、通常、公の場に出るときは、武将なら武将なりの、僧侶なら僧侶なりの正装がある。位によって違いはあるが、武将は裃《かみしも》、僧侶は袈裟と、相場が決まっている。

それが師惺窩先生は、儒服を身にまとって、公式な場に登場されたのである。

仏門という世間から隔絶した出世間では、僧侶たる者、成仏を求めてひたすら修行に明け暮れる。京都五山の禅僧の場合も、それは修行僧としての日常の務めである。彼らの間では朱子学の書が広く読まれてはいたが、しかしそれは、儒者としての日常の振る舞いではない。禅の修行や仏道研鑽の苦行に彩りを添える教養、いわば空いた時間にする茶道や華道を嗜むようなものであった。

かつて京都相国寺に僧籍を置いていた師惺窩先生が、儒服を身にまとっているのだ。そんな身づくろいの惺窩先生に対して、周りの幕臣たちはこぞって怒りをあらわにした。それでも、家康公は礼を尽くして仕官するよう要請された。

師、惺窩先生は家康公の懇請に耳を傾けず、きっぱりと頑なに固辞された。

師の意に反して国中の大名を争いに巻き込み、市井の民に塗炭の苦しみを強いた関ヶ原の役。その戦さを主導した家康公には、何度も「貞観政要」などで、儒学における政道の理想を侍講されてきた。それにもかかわらず、またもやお百姓の心や生活を踏みにじる戦闘が繰り返されたのだ。師は、権力を持つ者の傲慢さに、この世の儚さ、無常さから、自らの言い知れぬ無力観に苛まれたのかもしれない。

また、幼馴染で、後援者でもあった赤松広通様が家康公の命で惨めな最後を遂げられた悲運さも、心を締め付けられるような痛恨事として、心の襞《ひだ》に怨念の塊として渦巻いていたのかもしれない。

幕府の中枢は、儒者や僧侶など精神世界に身を置く者に対して、将棋の駒のように使い捨て同然の扱いしかしないと諦観されたのかもしれない。

あるいは、韜晦《とうかい》して聞達《ぶんたつ》を求めない、隠逸的なわが師、惺窩先生の素の性格が、そうさせたのかもしれない。

ともあれ、惺窩先生は、家康公の仕官への勧めを固く固辞され、私を推挙してくださった。そして、私は、二条城において、初めて家康公に謁見する機会を得たのだった。

それから、三年。駿府や伏見にて、しばしば家康公に拝謁した。将軍になられた秀忠公にも拝謁の機会を得、「漢書」などを進講したこともあった。そして、駿府と、京都の双方に、宅地と土木料を下賜されてもいた。

そもそも侍講は、僧侶の身分でなければならないという。そのしきたり、不文律は承知していた。しかし、儒者であるわが師、惺窩先生の推挙である。それを了として戴いていたはずであった。したがって、私は儒者としての任官と信じ切っていた。それが、である。しかも、唐突、且つ、いきなりに、である。

「剃髪せよ」、「名も僧侶の如くにせよ」と。

思わず、わが耳を疑った。

慶長一二（一六〇七）年、私が二五歳のときであった……

思い起こせば、これまで私の人生、不思議なほど順風満帆であった。

天正一一（一五八三）年八月、京都の四条新町に、林信時の長男として誕生した。幼名は、菊松麻呂。元服して信勝と改名。身分は決して高くない。経済的には特段貧しかったわけでも裕福だったわけでもない。

聞くところによると、祖父の死後、家族は地主の地位を失い、浪人に転落したようだ。

幼いころから、私は読書に夢中、勉学好きな少年だった。長子、嫡子としての責任も感じていた。

「いいですか。わが家の再興はあなたの双肩にかかっているのですよ」

母は、まるで口癖のように、言い続けた。

「学問で身をたてるのです。あなたのためにも、わが家のためにも。あなたには、それが至高の道なのです」と。

「学問しかない」——母の言葉が離れなかったのか、単に好奇心が旺盛なだけだったのか、学問には素直に向き合えた。

恥ずかしながら、こんな逸話も語り継がれている。八歳のときのことである。徳本という浪人がわが家に来て、太平記を読んでいたらしい。それを側で聞いていた私は、すべて暗誦したという。

一二歳のときには、既にわが家所蔵の国史を、次に中華の書をもあらかた読了したことも記憶に新しい。

文禄四（一五九五）年、一三歳のときである。京都五山のひとつ建仁寺に入り、書を学んだ。禅の書の外に、幸いにも儒学の書や唐宋の詩文なども秘蔵されていた。それらを読み漁った。

「どうじゃ。いっそ剃髪して、出家せぬか」

「信勝、おぬしは大層見どころがあるぞ。末は建仁寺の住持か、うまくいけば京都五山最高峰の南禅寺の住持にもなりうるぞ」と、長老の古澗《こかん》慈稽《じけい》翁から将来を嘱望され、声を掛けていただいた。

「私には、出家の志はございません。儒学の道を突き進みたく存じます」と、固く辞退申し上げてきた。

慶長二（一五九七）年、一五歳のときには、京都奉行所にまで手を回されたこともあった。所司代をなさっている前田玄以様が建仁寺の要請を受けて、使いの者を差し向けられたのだ。私への剃髪出家の説得はそれほど執拗なものだった。

儒学の道に生きることを決めていた私は、「余何ぞ釋氏に入り、父母の恩を棄てんや。且つ後無き者は不孝の大なるなり。必ず此れを為さざらん」と自ら誓い、ひそかに寺を出て家に帰ったのだ。

元来、私は、怖いもの知らずの生意気な若造だったようだ。

慶長八（一六〇三）年、私が二一歳のころのことである。「論語」、「孟子」、「大学」、「中庸」はいうに及ばず、朱子の著した「大学章句」、「中庸章句」、「論語集注」、「孟子集注」まで、苦労して読み進めた。

その成果のひとつとして、私は、近隣の聴衆を集めて、「論語集注」を公開講義して見せたのだ。

当時のしきたりとしては、前代未聞のことだったようだ。

私の公開講座に対して、朝廷の許可なく行うなどもっての外と、船橋秀賢なる人物が家康公に告訴した。家康公は、「好きにさせておけ」と、取り上げられなかった。そんな不逞な行為も問題にならない。ますます高慢さが増長する出来事であった。

また、こんなこともあった。

慶長九（一六〇四）年、私が二二歳のときのことだった。不遜にも、惺窩先生に論争を挑んだのだ。先生の廃仏論は不徹底である、と。

「先生、以為《おも》へらく、『我、久しく釈氏に従事す。しかれども心に疑ひあり。聖賢の書を読みて、信じて疑わず。道、果たしてここにあり。あに人倫の外ならんや。釈氏は既に仁種《じんしゅ》を絶ち、また義理を滅ぼす。これ異端たる所以なり』」（惺窩先生行状）と。

惺窩先生の儒学への傾倒、廃仏の考えなど、わが師を得たりという思いであった。それでも、多少の違和感はあった。それが先のあまりに不遜な疑念の表出であった。

師の惺窩先生から、過分なお言葉も戴いた。

「近時は皆、驢鳴《ろめい》・犬吠《けんぺい》なり。故に久しく筆研を廃す。韓山の片石、共に語るべきのみ」（同前）と。

久しく遭遇していない、若いが骨のある人物を見出した、と言ってくださったのだ。そしてそれ以後、親密な師弟の交流を続けることになった。

慶長一三（一六〇八）年、二六歳のときには、「論語」、「三略」を家康公に進講する機会も得た。年棒三百俵を賜ることにもなった。

このころ、気分が高揚して得意の絶頂だったのかもしれない。

——汝は何を以て学を為すと謂ふや。若し名を求め利を思わば、己が為にする者に非ず。若し、また、此れを以て　世に售《う》らんと欲せば、学ばざるの愈《まさ》れるに若かず——

（「羅山林先生文集」巻32「惺窩答門」）

惺窩先生より、学問の姿勢を厳しく指摘された。何のために学問するのか。名声や名利を求めてはならない。それなら学問などしない方がよっぽど良い、と諭された。師、惺窩先生との最初の面会のときのことである。

丁度、この箴言《しんげん》を肝に銘ずべく、師との思い出に耽っていたときのことだった。得意の絶頂にいた私は、断崖絶壁から突き落とされたような心境を味わった。

「貴公をこれ以降、道春と名づける。自らもそう呼ぶように致せ」——家康公、直々のお達しである。

一四

宵山と山鉾巡行《やまぼこじゅんこう》、祇園祭の一大行事が催されるこの時期には、例年よく雨が降る。今年は梅雨入りが例年より遅く梅雨明けもまだまだ先のようだ。今日七月一一日も梅雨が京都の街を濡らしている。

サッカークラブは中止の連絡が入った。

サッカークラブが雨天中止でも、歴史の学習会は関係なく実施される。

かれこれ六回目を迎える。

「林羅山の文章って、ホント難しいわね。難解な言葉が多すぎない？」

庸子は、思ったことをそのまま口に出す。

「『韜晦《とうかい》して聞達《ぶんたつ》を求めない』って、どういう意味なの？」。予想通りの展開である。庸子の性格から、そう言ってくるだろうと予測し、事前に調べておいた。

「韜晦」――自分の本心や才能、地位などを包み隠すこと。

「聞達」――世間に名が知れ渡ること。

辞書には、こう書いてある。

「つまり、『韜晦して聞達を求めない』とは、自分の才能を隠して、世間に名が知れ渡らないようにすること、ということかな」

「それより、なぜ、林羅山は、剃髪出家の命を受け入れたんでしょうね？」と、優人。

「そうだね。みんなの意見を聞いてみたいな。でも、その前に藤原惺窩は、なぜ、家康の招請を断ったと思う？」

「羅山は、こんな風に言っていたね。幼馴染だった赤松広通が家康によって自害させられたって。許せないよね、家康のことを。

だって幼馴染が殺されたんだよ。そんな人の下で働くなんて、ねえ」

と、自分の友だちをひどい目に合わせた人など許せるはずがないという憤りを顔中に表しながら、朗が珍しく口をへの字に曲げて話し出す。

「そうだよね。そして、こうも言っているわよ。

『韜晦して聞達を求めない』って。惺窩の性格がそうなんだって。つまり、惺窩という人は、名聞名利や栄誉栄達などを望まない人で、世間的な評価は全く気にしない人だったということなのよ。だから、家康だけじゃなくって、ほかの大名からの誘いも全部断っていたって」と、この「韜晦……」という語がよっぽど気になっているのか、庸子がすかさず話し出す。

「権力を持つ者の傲慢さに我慢ならなかった、って言っていたわね」と、庸子は重ねて問いかけるように話し続ける。

「惺窩自身の言葉じゃなくて、羅山が師匠の惺窩のことを忖度して言った言葉だけどね。惺窩は、『貞観政要』にある政道の理想を追求することが権力を持つ者の要諦だと考えていたようだね。家康にはそれが期待できないと見限ったのかもしれないね」

「どの大名からの仕官の要請も断っていたということは、どう考えればいいんですかね。やっぱり、名聞名利など望まない、『韜晦《とうかい》して聞達《ぶんたつ》を求めない』人だったということなんですかね」と、優人も庸子の説に同調するかのように発言する。

「じゃ、惺窩は、人間としての価値をどこに置いていたんでしょうね。価値ある生き方ということをどう捉えていたんでしょうね」と、華栄子。

「もしかして、世間的な毀誉褒貶《きよほうへん》など、眼中になかったのかもしれないね。難しい言い方をすると、時代精神みたいなことを考えていたのかもしれないよ」

「時代精神って、どういうこと？」と、庸子が問いただそうとする。

「つまり、それぞれの時代に生きている人たちが共通に考えていること。その時代ごとの、社会集団が共通して持っている道徳的な慣習や雰囲気のこと、と言っていいかな。

マックス・ウエーバーの『プロテスタンティズムの倫理と資本主義の精神』っていう本を知っているかな。その本のなかで「エートス」（「時代精神」と訳されることが多い）という用語を用いて、ウエーバーは、ある民族や社会集団に行き渡っている道徳的な慣習や雰囲気の持つ社会的影響力について述べているんだ。

彼、ウエーバーは、近代の資本主義がプロテスタントの信仰者が多かった地域、例えばイギリス、フランス、オランダなどの国で、特に発展しているという事実に着目したんだ。そして、プロテスタントの教えと資本主義がいかに関連しているかを考察したんだね。

結論だけを急いで言ってしまうと、こういうことになるかな。

宗教改革者カルヴァンの予定説から導き出された職業観、（労働は貨幣獲得を目指すものでも、営利や享楽を追求するものでもなく、神からの祝福を保証する人生の目的そのものである）という職業観が、社会の底辺にまで浸透し、機能したことによって、資本主義のエートスとして社会全体に定着した、と考えたようだね。

つまり、プロテスタンティズムの倫理（宗教的エートス）が資本主義の精神を生み、資本主義社会という経済の発展につながったということかな」

「それで、そのエートス、時代精神と訳すの（?）、それと藤原惺窩の出仕を固辞したこととどうつながるの」と、怪訝な面持ちで庸子が聞いてくる。

「惺窩は、儒学思想を当時の時代精神にしたかった。儒学の唱える考え方を、幕臣だけではなくて、諸藩にも、町人やお百姓さんたちの間にも浸透させたいという壮大な願望があったのではないかな。

惺窩自身に、明確にそんな意識があったのかどうかはともあれ、心の奥底にそんな思いがあったのではないか、という仮説を立ててみたんだ」

「マックス・ウエーバーの言う『エートス（時代精神）』として、儒教の教えを日本中に芽生えさせたい……。とてつもないスケールの大きい話になってきましたね」と、優人。

「そう考えると、幕臣として家康に仕えることがなんかちっぽけなことのように見えてくるわね」と、華栄子も同調する。

「んーん？　わかんない」小学生の朗には、少々難しい内容かもしれない。

「惺窩の気宇《きう》壮大《そうだい》、スケールの大きな話はこれぐらいにして、次は、林羅山がなぜ、剃髪出家の命を受け入れたのか。これについてみんなの意見を聞かせてくれる？」

「っていうか。羅山は家康の『出家せよ』という命令を受け入れたんだね。僕は受け入れないと思っていたのに。残念だなあ。自分の意志を通してほしかったな」と、小学生らしい正義感にあふれた意見を言う郎。

「羅山にとっては、お母さんから言われた言葉が身体に染みついていたのかもね。『身を立て名をあげ』という口ぐせが」と、日頃からきちんと子育てしてきたと自負する華栄子が言う。

「お家のため、と言うことよね」と、庸子が確認するように同調する。

「今は、名より実を取る。我慢のしどころと考えたのかもしれないなあ」

仕事でいろんな我慢を強いられている（？）かもしれない優人が独り言のように呟く。

「羅山自身も随分悩んだり、苦しんだりしたんだろうね」と、私も羅山の心の中を覗き見るように囁く。

「忸怩《じくじ》たる思いとか、断崖絶壁から突き落とされた気分とか、そんな難しい言葉で、言っていたね」と、郎も羅山の気持ちを察するかのように言う。

「推挙してもらった惺窩先生のことを考えたのかもしれないね。師匠の顔に泥を塗るわけにはいかないという感覚ね」と、庸子も羅山の気持ちに寄り添う。

「名声や名利を求める、そんな学問は無意味だと、惺窩先生は忠告していたんだ。しかも羅山自身もこの忠告を肝に銘じていた。だとしたら、仕官の道を辞退する方が惺窩先生の意志を尊重することにならないかなあ」

私はやはり羅山の変節には同意しがたいという言葉を投げかける。

「羅山にも、師匠の惺窩と同じような思考はなかったのかしら？」と、庸子。

「つまり、儒教の教えを時代精神にするってこと？」と、華栄子が聞き返す。

「それは、幕臣としての立場を続けることで、日本国中に儒教の教えを広めるってこと？」と、再度確認する華栄子。

「その考え方はどうかなあ？」と、その可能性をあまり認めていない私。

みんなそれぞれ、思いつくままに自分の考えを出しあった。第六回目の学習会も熱の入った充実した宴《うたげ》となった。

一五

――人の一生は　重荷を負うて
　遠き道を　往くが如し　急ぐべからず――

関ヶ原の死闘を経て、慶長八（一六〇三）年、徳川家康は、征夷大将軍となる。二年後、早くも征夷大将軍の職を秀忠に譲る。将軍職を徳川代々の世子に継がせる布石を打ったのである。そして、慶長一六（一六一一）年三月二八日、二条城において、豊臣秀頼を臣下として謁見したのである。この謁見をもって、徳川家と豊臣家との主従関係が明確になったのである。真綿で首を絞めるかのようにゆっくりと豊臣氏を追い詰め、江戸幕府盤石の体制を固めていったのである。これが家康という人物の用意周到の戦略である。

「なにか妙案はないのか。羅山？」

「……？」

「大義名分じゃ。豊臣家と闘う大義名分じゃ」

「それでは、いよいよ豊臣家を滅ぼそうとご覚悟を決められたのですね」

「そうじゃ。わしも、もう老いてしまったからのう。徳川一族の末永き繁栄のためには、わしが今、鬼籍に入るわけにはいかぬ。わが代で、なんとかしなければなるまい」

「それでは、孟子の『梁恵王章句下』の文はどうでしょうか？」

「それは、湯武《とうぶ》放伐の論じゃな」

「そうです。それです。殷《いん》の湯王《とうおう》が夏《か》の桀王《けつおう》を放逐し、周の武王が殷の紂王《ちゆうおう》を討伐して天下を奪ったという話です。

家臣である湯王や武王が、主君の桀王や紂王を殺すなどということがあってよいのか、そんなことが許されるのかと、斉《せい》の宣王が孟子に尋ねられたとき、孟子は毅然と『仁の徳を破壊する者を賊といい、正義の実践を阻止する者を残と言います。賊と残の者は主君ではなく、単なる市井の民に過ぎません。したがって、湯王も武王も主君に反逆したことにはなりません』と答えたという話です」

「これが大義名分になるかどうかじゃなあ」

「孟子は、さらにこうも言っております。『湯武は、天に順《したが》い人に応じ、未だ嘗て毛頭ばかりの私欲あらず。天下の人のために巨悪を除く』と」

「また、『湯武の挙は、天下を私せず、ただ民を救ふにあるのみ』とも申しております」

「私欲のために非ず、天下の人のため、とな。……んーん。ならば、豊臣氏が、巨悪でなければならぬことになるのう。『仁の徳を破壊する者』であるとする根拠を示さねばならぬのう」

「それでは、こういう考えはどうでしょう。『天道の理を以て治むる時は久し。また、天道の理に背きて治るものは一代の内に滅ぶ』という説があります。

かつて豊臣秀頼に仕えていた高木宗夢という人物が、『太閤秀吉公は、主君信長に忠あるゆえに、天より天下を与う。また民を苦しめ給うゆえに、子孫に天下を与えず。是皆天命なり』と説いたと漏れ伝え聞いております。これらを重ね合わせれば、易姓革命の論として、豊臣家討伐の道徳的根拠になろうかと存じます」

家康自身もこの天道の理の理論については知悉《ちしつ》していたようだ。後年、こんなことを、秀忠をはじめとする子孫たちへの遺訓として残しているのだ。「今天下の執権を天道よりあづけたまえり。政道もし邪路に変ずる時は、天より執柄たちまち取り上げ給うぞ」と。

――人の一生は……急ぐべからず――

家康という男は、慎重のうえにも慎重をいくタイプの男だ。

家康が羅山と「湯武討伐論《とうぶとうばつ》」について、意見を交わしてから早や二年の月日が流れた。

慶長一九（一六一四）年、五月三日、片桐且元は、家康に直接方広寺再建工事完了の報告をするために駿府に赴いた。

方広寺の再建工事の案は幕府側からの建議である。大坂城に眠る潤沢な埋蔵金が、豊臣氏による反幕府運動に活用されないように、豊臣氏に浪費を促すことが、裏のそして真の狙いである。

豊臣家、淀君側からすれば、故秀吉公が建てた寺院の再建の提案は、願ってもない朗報であった。秀吉公の威信回復のためにも、嫡子・秀頼公の外様大名たちとの盟友関係維持のためにも吉報と言っていい。ところが、方広寺の再建工事が完了したその後、豊臣方にとっては、全く予期しない展開が待っていた。

方広寺大仏殿に新たに鋳造された梵鐘の銘に、徳川家にとって「不吉」な語字がみられる、と言うのだ。

「大御所様、絶好の機会が到来いたしましたぞ」と、金地院崇伝《すうでん》と南光坊天海が二人して、駿府城にいる家康を訪ね、彼の耳元で囁いた。

金地院崇伝とは、南禅寺の住持。慶長一三（一六〇八）年から家康に召抱えられ、幕府の宗教政策を担当していた。のちに、「黒衣の宰相」と呼ばれるほど、家康の側近として幕府の重要政策に関与した人物である。

もう一人の天海南光坊は、天台宗の大僧正。慶長一五（一六一〇）年、崇伝に遅れること二年にして家康に召され、崇伝同様、家康の側近として幕府の宗教政策に重要な役割を果たした人物である。

「何ごとじゃ。落ち着いてゆっくり話せ」

「この度再建なった方広寺の梵鐘の銘の文字でございます」

「鐘銘の文字とな。はて、その銘になんと記してあるのじゃ？」

「そこには、『国家安康　君臣豊楽』とございます」

「なに、『国家安康』と記してあると。この語、いかにも不快ぞ」

「して、この語をどう解釈し、どう利用するというのか。京の五山の僧に評議させるよう取り計らえ。よろしいか、いかにも不首尾なきよう、心して判定させよ」


京五山の禅僧碩学七人が、駿府城の家康の面前に呼び出され、回答を迫られた。家康とともに、禅僧崇伝、天台僧天海と、そして儒者羅山もその場に控えていた。

「聖澄《せいちょう》、その方の考えはいかがかな？」

最初に名指しされた聖澄とは、東福寺勝林庵の月溪《げっけい》聖澄である。

「ははあ、私といたしましては、何点かございますが、とりわけ国家安康、御名（家康）の二文字の間に、安の字が入れられているところが第一に悪しきことかと存じます」

「慈稽《じけい》、おぬしはどうお考えじゃ」

次に問われた慈稽とは、建仁寺大統庵の碩学、古澗《こかん》慈稽。羅山の旧師でもある。

「私も、鐘銘に国家安康と記すのは、前征夷大将軍（家康）の尊諱《そんき》を犯すことになろうかと存じます」

「では、瑞保《ずいほう》はいかがでござるか」

三番目の回答者に指名された瑞保とは、相国寺慈照院の禅僧、有節瑞保《うせつ》である。

「私も、同じく、大御所様の諱《いみな》を鐘銘のなかに書かれていること、いかがわしく存じます」

次々に指名された禅僧たち、碩学と言うべき高い学識を備えた長老たちが、「国家安康」の四文字を記した豊臣家に対して、口をそろえて悪罵《あくば》したのである。

家康はじめ幕府の用人と禅僧碩学たちとの面談に同席していた林羅山は、どういう役割を担ったのだろうか。

彼は、禅僧碩学たちとの面談の場で意見を挟める立場にはなかった。しかし、その数日後、家康に勘文（意見書）を捧呈している。

それは、次のような内容であった。

一、鐘銘の序文に、「右僕射《うぼくや》源朝臣」とあるのは、これは、源朝臣（徳川家康公）を弓で射るという下心ありと読める。

一、「国家安康」とあるのは、家康公の諱を汚す以外何物でもない。無礼不法の至りである。その上、諱の真ん中を「安」の一字で切ってしまうなど正気の沙汰でない。

一、「君臣豊楽、子孫殷昌《いんしょう》」とあるのは、これは、豊臣を君として子孫の殷昌を楽しもうという下心があって、徳川家を呪詛調伏《じゅそちょうぶく》する意図が明白である。

これらの内容は、先の家康に追従する禅僧たちですら思いも及ばない、漢学の基礎的見識を完璧に無視した珍説である。曲学《きょくがく》の典型と言うべき解釈である。

鐘銘の文字を作成したのは、五山東福寺の禅僧、文英清韓《ぶんえいせいかん》である。彼を伴って、方広寺再建工事奉行の片桐且元が陳謝釈明のために駿府に向かったのは言うまでもない。

しかし、その労も甲斐なく、家康は、慶長一九年一一月一八日、大坂城攻めの方針を固めた。

一六

思えば、私の人生、悲運に満ちたものでした。

もうすでに齢六〇。

夫を早くに亡くし（慶長三年＝一五九八）、倅、次兄重治も早逝してしまいました。生まれは本多家の一族。三河国の地では松平家（徳川家）の譜代衆の一家臣として厚遇を受ける家に生まれました。申し分ない家柄でした。お父上、重貞様はその本多一門の長子として武門の出らしく武勇の男でありました。

ですが、お父上はその出自にふさわしい華々しい人生を送られたわけではありませんでした。人も羨むほどの光輝な家柄の長子でありましたのに……

家康公の前半生最大の危機といわれた、永禄六（一五六三）年の三河一向一揆の折には、私ども家族を振り捨てて一揆軍を打ち破るべく孤軍奮闘のご活躍をされたそうです。でも、武将としてのご活躍はそれっきりでした。

私ども親族には一言も申されなかったので、確かなことはわかりません。ただ、父は家康公から特別な任務を仰せつかって、公人として人様の御前には姿を現せない仕事をしていたのではないかと、私は推察しています。

それは、三河一向一揆を鎮圧した後も、どこまでも慎重居士の家康公のことです。なにか不穏な気配がないかと一揆側の動きを絶えず心配なさって、彼らの動向を監視する役人が必要だったのではないか。そのお役目をお父上に託されたのではないか、と邪推かもしれませんが、そう思っております。

まだ四歳に達したばかりの幼い重之をお連れになって、野寺の本宗寺へ行かれたのも、彼ら一揆派の動きを探りに行かれたのかもしれません。実を申しますと、父はそれ以前に何度も用事があると言っては野寺へ行かれていたのです。重之と一緒に野寺に行かれた日から、日を待たずして突然、なにかの騒動に巻き込まれたのか、実に不審な最後を遂げられたのです。まだまだ壮健なお姿だったのに。

私どもには一体何があったのか、皆目見当がつかないのです。今でも信じられない思いです。享年五四歳でした。

お父上には三人の弟君がおられました。

すぐ下の弟君が正信様。

天文七（一五三八）年のお生まれですから、お父上より五歳年下でしょう。今や飛ぶ鳥を落とす勢いでご出世なさって、家康公の右腕とも称されるお方です。

三河一向一揆では、信仰上の理由か何かわかりかねますが、一揆側に加勢された人です。家康公に反旗を翻されたわけです。一揆軍が敗走した後、三河国から逃げるように京都から加賀国へと浄土への信仰を求めて転々とされていた、といううわさを聞いたことがありました。

ところが、元亀元（一五七〇）年の姉川の合戦のときには、帰り新参として家康公の傘下に加わっておられました。その後は、本能寺の変のときには、家康公を危機からお守りしたり、小牧・長久手の戦いのときは家康公の側近として仕えたり、次第に家康公の信任を得るようになられたのです。

天正一四（一五九〇）年、家康公が関東に入国された際には関東総奉行として、また江戸に幕府が樹立されて以降は幕閣の中核として、家康公の御側でご奉公なされたのです。なんと、一万石の所領を与えられたというのです。

そのすぐ下の弟君は、若くしてお亡くなりになったので、私はお会いしたこともございません。

四男にあたる弟君が正重様。

天文一四（一五四五）年、お父上と同じ干支、巳年の一周あとのお生まれになります。この方も、三河一向一揆では家康公に反旗を翻して一揆側に加わり、最後まで抗戦を逞しくされた方です。一揆が平定されたのちは、家康公のもとに帰参されています。その後は、正信様と同じく松平家の一員として、姉川の合戦、三方原《みかたがはら》の合戦、長篠の合戦、そして関ヶ原の合戦と奮闘を重ねられ、その都度武功を挙げられております。おそらく、正重様も一万石に迫る領地を戴かれていると聞きおよんでおります。

母の独白はまだまだ続く。

三河一向一揆当時のことについては、私の人生に大きな節目となる出来事がございました。

大御所様率いる一揆鎮圧軍側でともに戦われたわが父とお父上のお父様信治様とは、同じ陣中で同じ敵兵を相手にお互い辛酸を舐める苛烈な闘いを展開されておりました。熾烈な戦いに身を置く者同士が親密になるのは世の常です。お二人は心を許す同志として昵懇《じっこん》の仲になられたようです。そして、意気投合して互いの子どものことなどを打ち明けるうちに、私とお父様との婚姻をお決めになられたのです。当時私は七歳。何も知らないうちに許嫁となったのです。

わが夫、信定様も三河地方では武家の名門、石川家の長子でした。わが父重貞と岳父信治様との間で許嫁の儀が交わされたのは、一向一揆が終息した暮れも押し詰まった寒い日のことでした。そして三々九度の儀はその三年後、私が一〇歳のときに盛大に催されました。

夫は武門の家柄にふさわしく、勇壮で剣術・槍術・柔術のどれをとっても人様に後れを取らない一流の若武者でした。しかも朱子の学問もきちんと修めておられましたので、主君への忠孝にも誠実な姿勢を貫く、身命をも惜しまない一途な青年武士でした。まだ一八歳という元服を終えたばかりの血気盛んな青二才というべき若き武将でありました。

戦国の世の、武田軍との勢力争いが絶えない松平家の武将ですから、婚姻の儀を終えてからも、戦場に駆り出されるまま故郷に帰る暇もない時代でありました。大きな軍さとしては、姉川の戦い（一五七〇）、三方原の戦い（一五七二）、長篠の戦い（一五七五）、小さな小競り合いなどは数知れず、武田軍勢との戦乱はいつ果てるともなく全く予断を許さない情勢だったのです。夫は新婦の私のことなど顧みる暇《いとま》もなく戦闘に明け暮れる日々を送っておりました。わが家に帰ってくる日もほとんどありませんでした。新婚とは名ばかり、甘い夫婦関係など夢にも見られない、そんな生活が十数年程続いたと思います。

そんななか、天正六（一五七八）年、駿州の田中城攻めのときです。敵方の槍が左股にまともに突き刺さるという事件が起きたのです。

その後の戦さにも何度か馳せ参じはしたものの、左股の後遺症のせいで、後続支援の役回りばかりで二度と敵兵と直接相まみえる部隊に身を置くことはありませんでした。

その後の夫の人生は、わが子に一切を託すしかない生活となりました。そして儚《はかな》くも慶長三（一五九八）年、五〇歳の若さで逝ってしまったのです。

そのような不運に追い打ちをかけるように、わが倅の重治までも早逝してしまいました。

重治は、長兄重之同様、お父上より剣術、槍術、柔術ばかりか学問として朱子学を学び、それなりに思慮分別を弁えた男児でありました。

それなのに何があったのでしょう。将軍秀忠様にお仕えしていた折のこと、日根野佐内なる人物を殺傷する事件を犯してしまったのです。江戸の噂では、日根野某から何かとんでもない辱めを受けたらしく、腹に据えかねて、一撃を放ったということです。

左股の傷のせいでお父上が戦場で思わしい武功を挙げられなかったことを、日根野某があげつらうような、あるいは嘲《あざけ》るような、そんな振る舞いがあったとすれば、母として無念としか言いようがありません。この事件があって、重治は家名を汚したという科《とが》で閑居生活を余儀なくされてしまいました。そして不遇の死を遂げることになりました。

わが父、わが夫、わが倅、どうしてこんなにも不遇の人生を歩まなければならなかったのでしょうか。どうして生きた証を、戦場における武人としての爪痕を残せない人生を送らざるを得なかったのでしょう。他の身内の方々の華やかなご活躍を思うにつけ、一層その思いを深くしてしまいます。娘として、妻として、母として、何もできなかった私自身の不甲斐なさに、心が締め付けられるような苦しみに苛《さいな》まれておりました。

重之には、申し訳ない限りです。このような私の悔しい思いを手紙に認めてしまいました。心の底から泉のように湧き出る呻《うめ》きにも似た悲痛な叫びを口惜しさのあまり激白してしまいました。最後に頼れるのは重之のみという悲壮な思いから、ついはしたなく激情のまま檄文を綴ってしまいました。

この愚かしい母の心情をどう受け止めてくれるかは重之の心ひとつです。富や名声を求めているわけではありません。所領や石高が欲しいわけでもありません。ましてや私への孝行を望んでいるわけでもありません。ただ、徳川譜代衆の出として、その武門に恥ずかしくない武功、武勲を遂げてほしいのです。外祖父や父、弟の辛く悔しい思い、これまで受けてきた辱めを雪いでほしいのです。私のやるせない心のうっ憤を晴らしてほしいのです。父、石川信定の血族、外祖父本多重貞の血族の名誉を挽回してほしいのです。

一七

——一切衆生悉有仏性《いっさいしゅじょうしつうぶっしょう》——

生きとし生きるもの、すべて悉く仏の境涯を備えている。すべての人間は、さらにはどんな生物も、仏になる可能性を備えていると、涅槃経《ねはんぎょう》には記されている。

母の思いは、しかと受け止めている。

「わが家は代々幕下に仕えて武功を挙げてきた。あなたも、このいくさで勇ましく戦い、功を遂げよ」と、厳しい檄も飛ばされた。

かたや、私は仏法信奉者、求道者である。禅の道を究めようと、京の伏見にいるときは大徳寺の宝寂《ほうしゅく》和尚に教えを請い、駿府にいるときは清見寺の説心《せっしん》和尚の許に通ったものだ。道険しくまだまだ悟りを開く境地に達していないが、平然と不殺生戒を犯すことには言い知れぬ抵抗感はある。

仏は、五戒の第一に、不殺生戒を説いているのだ。さて、どうすべきなのか……。

母の仰せの如く譜代衆の出の一人として武に生きるか、それとも仏門の教え通りに出世間の法に命を捧げるか。

梵網経《ぼんもう》には、

「仏子は、いかなる刀、杖、弓、箭《や》、鉾、斧など、戦闘のための道具を所有してはならない。および漁猟、狩猟のための悪しき網羅など殺生を目的とした道具など、すべて所有してはならない。菩薩たる者、もし父母を殺されたとしても、決して報復してはならない。一切衆生は言うまでもない。もし故意にいかなる刀杖でもこれを所有したならば、犯罪となる」と、殺生並びに武器所有を厳しく禁止している。

これまでの戦さにおいては、どこか他人事であった。武人・幕臣としての矜持より仏教者としての信仰が勝っていたのかもしれない。他人を殺《あや》めることへの抵抗感が強かったのかもしれない。ともあれ、戦場における戦闘をどこか避けていた。

駿府の説心和尚のもとを訪ねることにした。和尚は穏やかな表情で諄々と説いてくださった。「善心を以て悪人を殺すは、悪心を以て蟻を殺すよりその罪軽き」とも、「国家に害あるを殺すは、その罪は無き」と、不殺生戒について説かれた経典があること。

また、こんな解釈もあると。つまり、目の前の生命を殺さないという不殺生戒は「小乗の不殺生戒」として蔑《さげす》まれ、大我を生かすために、いくさで敵を殺すこと、そのことこそ「大乗の不殺生戒」の実践なり、と。

逆説的な解釈だが、これが大乗経の精神なのかもしれない。

だとすれば、秀頼を殺すこと、豊臣氏の血脈を絶ってしまうこと、そのことによって徳川一族の長きにわたる支配体制の構築が、わが国の平和安泰につながる……。

世の中の安泰のための闘い……。今度のいくさは、大乗の不殺生戒の闘い、かもしれない。

説心和尚を訪ねて熟慮した私の判断があっているかどうか。思慮を重ねてもわからないものはわからない。どちらか腹を決めるしかない。

別れの挨拶の際に、和尚は、「どうか、勇んで戦場に赴き、功名を遂げると腹をお決めください」と、私の心底を見透かすかのように心意気のあり方に言及された。

いよいよ、腹は決まった。

私は、「この戦さで、家康公麾下《きか》の士で、敵の首をとった者が三人いると聞かれたら、そのなかの一人は自分であると思ってください。もしその望みが適って生還したら、潔く幕下を退き、仏者として生きる所存であります」と、戦さに臨む決意を披歴した。

一八

大坂の陣の開戦にあたり、家康公より軍令が発令された。麾下近侍の士は先登（一番乗り）してはならぬという。今回の戦いの勝敗は決している。この闘いで無駄な死傷者を出したくない。自重しながら戦えばよいのだ。それで決着が付く。そういう闘いなのだ。

家康公のお考えはよくわかる。しかし、私が固めた決意は、そのような軍令に縛られるほど生半可なものではない。母の執念、父の儚さ、弟の口惜しさなど、石川一族の怨念を一身に背負っているのだ。説心和尚との約束もある。

——行くしかあるまい——

「お待ちくだされ。これよりは、立ち入り召さるな。禁止されておるゆえ、入ることはなりませぬ」

前田利常配下の軍兵が型通りの口上を述べた。

「それは、意外なこと。われは前田利常軍の先鋒隊、本多安房守正重の一族なるぞ。大御所家康様の官使として、宣旨を伝えに参るのじゃ」

ここは、親族の正重（本多正治の次男、正純の弟、丈山にとってはいとこ叔父にあたる）殿の名を利用しても科《とが》はあるまい。

「それは失礼仕った。どうぞ、お進みくだされ」

一気呵成に敵陣に乗り込む。血気に逸る気持ちを見透かされたかのようだ。すこし心を落ち着かせる暇ができたと思うようにして、ゆっくりと進むことにした。

わが幕府軍の先隊に追いついたその矢先、早くも敵兵と遭遇した。敵兵数人と鋒《ほこ》を交わすこと数十回、敵の鋒先が左脚をかすめたのか、少し血が滲《にじ》んでいる。お構いなしに敵兵に一閃素早く鋒を浴びせる。遂に敵兵一人を殺める。

さらに敵陣深くに攻め進み、敵城の黒門までやってきた。黒門は閉じられていたが、脇の小門はこじ開けることができた。中に入ると敵兵が陣をなして身構えていた。その敵兵の一人が名乗り出てきた。その陣中の棟梁だろう。大男である。「われこそは、佐々十左衛門也」と。

彼と一戦を交えることとなった。さすがに、一兵卒にはない迫力があった。彼が放った一撃を辛うじてかわして、閃光鋭く反撃の刃を放った。巨木が崩れるように倒れる姿が美しく見えた。不思議な感覚だった。

さらに前へ進もうとすると、別の敵兵二人が私の前進をふさごうと前に進み出た。やむなく、この二人の首も獲ってしまった。

また一人、敵兵が私の前に進み出た。見ると僧侶の容貌である。軽く投げ倒して、剣を咽喉元に突きつけて、「さあ、どうする?」と問いかけてやった。なんと、その男、泰然自若として、「紅炉上《こうろじょう》一点雪《いってんのゆき》」と応じた。この戦闘の場において、禅の心を彷彿とさせてくれた所縁で、件の僧の姿をした男を逃してやった。

「紅炉上一点雪」とは、上杉謙信と武田信玄との川中島の戦いにおける逸話として残っている話だ。謙信自身が武田軍の本陣に攻め入り、信玄に太刀で斬り付ける場面。斬り付けるとき、謙信は、「如何なるか是れ剣刃上の事」（刀で斬り付けられ、死が迫る心境は？）と問うた。そのときの応えが、この「紅炉上一点雪」なのだ。つまり、意味するところは、こうだ。熱い炉に舞い落ちる雪のように、あれこれ物事を詮索せずに運命に任せるのだ、と。

実は、素をただせば、出典は、禅教本の最高峰に位置する「碧巌録《へきがんろく》」である。この書の第六九則に、「紅炉上一点雪」の文字が載っている。

「火の盛んに燃えている炉の上の一片の雪」。それは、真の禅者たる者、さまざまに湧き起こる雑念を造作なくたちまち消し去るものという喩えなのである。

件の僧侶風の男がどちらの意味を込めて、この六文字を使ったのかはわからないが、ともあれ、天晴れと思った次第である。

閑話休題。話を元に戻そう。

私の槍術、剣術、柔術に肝を冷やしたのか、敵兵は皆退散してしまった。

すると今度は、わが軍の一騎がやってきて、口上を述べ始めた。

「私は遠藤但馬守の家臣、池田勝兵衛と申す者。あなたの勇猛なる闘い、抜群の奮戦ぶりでありました。是非お名前をお聞かせください」

「名を名乗るほどの者ではござらん」

「鬼神すら恐れをなすような鬼気迫った貴殿の奮闘ぶりを垣間見たことだけで、わが人生の誉れの如くに存じまする。是が非でもお名前をお教えください」

「そこまでたってのお望みとあらば申し上げないわけにはいきますまい。拙者、石川嘉右衛門重之という者でござる」

「石川殿でござるな。しかと記憶に留めておきまする。して、貴殿のあの凄まじい鬼神のような戦いぶりは、どのような心の支えに基づいているのでしょう」

「……心の支えとな？」

「……それは、無心……か、無欲……か、そんな心境が自然体の剣さばきとなって表れているのかもしれぬ」

「戦功の多寡とか、野心とか、戦さのあとの論功行賞とか、その類いの功名心などはござらぬのか」

「………」

私は、無言を貫いた。

真田幸村の奇襲など、徳川軍が苦戦を強いられる場面もあった。が、所詮豊臣方の戦力は幕府軍に比して圧倒的に乏しい。豊臣軍の善戦虚しく、大坂城炎上。大坂夏の陣はあっけなく終わった。淀君・

秀頼の自害をもって、豊臣氏一族は滅亡した。

元和元（一六一五）年八月二六日、大坂夏の陣における賞罰褒貶《ほうへん》の採決が下され、丈山の先登の一件も詮議の対象となった。

「嘉右衛門重之。そなたは、厳重に言い渡してあった軍令を無視し、先登（一番乗り）したと聞く。軍令違反の罪は大きいぞ」

「申し渡す」

「石川右衛門重之、蟄居《ちっきょ》を命ず」

通常、論功行賞は、家康自らが裁定を下すのは大名級の家臣と決まっている。この慣例を破って、家康は丈山の裁定を自ら行った。それは、丈山の軍令違反によほどの怒りを込めてのものか。それとも、軍令違反ではあったが、丈山の剽悍無比《ひょうかんむひ》な戦功を認めて、今後の丈山への期待を込めてのものなのか。

家康の凛とした裁定をそば近くで聞いていた本多正信はじめ他の幕臣たちも、家康の真意は読み取れなかった。

丈山には知る由もなかった。丈山自身はその真意を知りたいとも思わなかった。

ともあれ、石川丈山、大坂夏の陣の賞罰褒貶の採決において、蟄居の処分を受けたのである。

一九

庸子が訝《いぶか》し気な表情で、誰に問い掛けるでもなく囁《ささや》く。

「そういえば、丈山がなぜ先登したのか？　不思議なことよね」

「そうよね、大坂夏の陣の時って、丈山は三三歳になっているのよ」と華栄子が呟《つぶや》く。

「三三歳という年齢を考えれば、分別もあり、学問の研鑽を積んでいた丈山のことだから、ほかの人よりずっと思慮深いはずですよね。その彼が軍令に違反してまで先登するなんて、腑に落ちないですよね」と、優人もそう問い返す。

「手柄を挙げたかったから？　そうか、出世したかったから、かな？」小学校三年生らしい、どこか無邪気な表情を浮かべる朗。

確かに、この機会を逃せば、出世の機会はもう訪れないかもしれない。豊臣氏を滅ぼすこのいくさが終われば、徳川政権は当分盤石である。ここしばらくは徳川氏を脅かす勢力は現れない。当然武将として戦功を挙げるいくさなど起こるはずもない。

丈山自身も、そのような状況認識をしていたと思う。では最後のチャンスか？

母からのプレッシャーもある。母の檄文も届いている。武功を挙げなければ、金輪際あなたとは会わないとまで記されていた。

「丈山は、母思いの息子だったんでしょ」

「だったら、母の思い、手柄を挙げてほしいという執念みたいなものは充分伝わっていたはずだね」

「父や外祖父が果たせなかった武功を武に生きる者として、自分は挙げなければという思いが強かったのかもしれませんね」

「他の親族に比して、譜代衆としてのわが家の富や名声が低いことに苛立ちがあったのかもしれないね」

手柄や武功、富や名声、家系の尊厳や先祖の重圧など、侃々諤々《かんかんがくがく》、いろんな意見が飛び交って、ひとつの結論に収斂されそうにない。

「知の巨匠と称される加藤周一氏は、『詩仙堂志』という小説の中で、『母親の眼のまえでする父子の決闘』という言い方をしているね。『父へのエディプス・コンプレックス』とも解釈しているんだね」

「それって、どういうこと？　僕にもわかるように説明して」

「つまり、こういうことかな。

加藤氏は該博な物書きなので、父のことを先考と記しているんだ。で、丈山の先考は、他を圧する戦国の侍であったようだね。息子に対する武術の稽古も手を抜くことなく、過酷なものであったらしい。関ヶ原のいくさのことも自分は果敢に闘ったとよく語っていたんだって。その父が、丈山一六歳の時に亡くなった。

丈山が父に追い抜き、父に対するコンプレックスを払い除けるためには、父の関ケ原以上の戦功を挙げること、つまり敵の首をとることが必要だったということらしいんだね」

「だから、加藤氏の言葉をそのまま引用すれば、丈山にとって、戦功は功名心の問題ではなく、息子として、天国にいる父親との対等を獲得する最後の機会だった、ということなんですね」と、優人が私の話をまとめてくれる。

「その通りだね。父子の決闘とか、エディプス・コンプレックスとか、その意味がわかったかな。郎君」

「お父さんと子どもの丈山との決闘というのはわかったよ。でも、おかしいね。丈山のお父さんは、慶長三（一五九八）年に、亡くなっているはずだよ。そのお父さんが関ケ原の戦いのときに果敢に戦ったというのは、おかしいいんじゃない？」

「そうだね。朗ちゃんはホントすごいね。よく丈山のお父さんの亡くなった年を覚えていたわね」と、親バカならぬ、祖母バカを自称する華栄子。

「加藤氏ほどの知の巨匠でも、専門外のことには資料の見落としをしてしまうこともあるということですね。僕たちも教訓にしなければいけませんね」と、自戒の念を込めて、優人が囁く。

「では、加藤氏のエディプス・コンプレックス説は棚上げということでいいわね」と、物事をスパッと割切りたいせっかちな庸子が先を急ぐように、性急な物言いをする。

「でも、ちょっと待ってよ。加藤氏は、丈山の先登の理由が父親の亡霊との決闘と結論づけたことはそれでいいと言っているものの、その後出仕を固辞し続けたことの理由については、万事がComplex 一件だけで説明できるものかどうかわからないと書いているらしいわよ。ねえ、おじいさん」と、華栄子は、私の同意を求めながら、そんなに結論を急がなくてもいいのにとほのめかしている。

「じゃあ、丈山先登の理由をエディプス・コンプレックスとする説は一旦置いときましょう。で、ほかにも、隠密説とか、衆道説とかありますね。詳しくは知りませんが」

「さすが、お父さん。いろいろ調べているね」と、父のことを誇らしげに語る郎。

「では、隠密説から聞かせてもらおうか」

「僕は詳しくは知りません。義父さんからお願いします」

「そんなに遠慮しなくてもいいよ」

「遠慮ではなく、ここはお義父さんの出番です。お願いします」

「では、……と。せっかく出番を用意してもらったので、話し始めようかな。山本四郎氏の『石川丈山と詩仙堂』という本に書いてあった内容の受け売りだがね。『丈山密偵説の迷妄』と題して一章を起こしているんだ。迷妄という言い方をしているから、彼はこの説を支持しているわけではないんだね」

「なるほど。で、その内容は？」

「丈山密偵説の言い出しっぺは、佐藤一斎という丈山よりほぼ一世紀あとに誕生した儒学者の一人なんだ。彼は幕末の碩学ともうたわれた昌平黌の儒官を務めた人なんだ。丈山の一五〇年記念忌の祭祀のとき、彼一斎は、不思議な夢を見たらしいんだね。

当時すでに分別をわきまえた三三歳の丈山がなぜ、先登という軍律違反を犯してしまったのか、長年不可解に思っていたところ、夢の中に丈山が現れたので、聞いてみたというんだ。

夢の中の丈山は、先登の真意をこんな風にゆっくりと語りだしたらしい。『自分は豊臣家の遺臣が徳川家に叛意を持っている者がいないかどうかを偵察する役目を担っていたと。軍令違反を犯して蟄居したのも、偽装工作のひとつなのだ』と」

「あっそう、夢の中の話だったんだ。丈山がスパイだったという何か確かな証拠は出してないの？」と、小学三年生の発言とは思えない鋭く突っ込みを入れる郎。

「だから、山本四郎さんも、妄説といったんだね」と、庸子も朗の発言に追随するように、資料提示のない論は受け入れられないと断定する。

「そうだね。佐藤一斎の夢の中に出てくる丈山密偵説を皮切りに、他にも密偵説を唱える学者もいたんだが、山本氏は、すべて取るに足らない妄説として退けているね。それに、丈山が隠密だったという資料は、どの研究者も見つけられていないんだね」

「じゃあ、密偵説も却下ということでいいわね」と、今回もせっかちな先を急ぐ庸子。

「次は、丈山が先登した理由は、丈山が衆道だったという説ですね」

「衆道説の件は、郎ちゃんや昴ちゃんには、あまり聞かせたくない内容なんだけど、聞かせても大丈夫なのかな？」

「大丈夫よ。うちの家は、なんでも秘密にしない主義なの。性教育もフランクなのよ。ＬＧＢＴも性同一性障害もＯＫよ。子どもたちにはすべての人たちが平等に共生できる社会の担い手になってほしいと願っているから、丈山衆道説の話も全然大丈夫よ。ねえ、優人さん」

「そうだね。わが家では大丈夫です」

「で、衆道って何？」

「そうだね。一言でいうと、男性の同性愛、少年愛ということ。男性が男性を好きになるってこと。男性が好きになる相手が女性ではなく男性だってことかな」

「そうね。女性だって必ずしも異性の男性を好きになる人ばかりじゃなく同性の女性を好きになる人がいるものね」

「それって、織田信長が森蘭丸を特別可愛がっていたということと同じ？」

「郎ちゃんは何でもよく知ってるわね。戦国時代や江戸時代には、男性の同性愛は別に隠すことでもなかったらしいわね」と、わが孫がよくぞここまで育ったものと感心する華栄子。

「私も聞いたことがあるわ。で、この衆道と丈山の先登とがどうつながっているの？」と、庸子はまた先を急ぐ。

「ン……。これは、近代文学の独創的研究者として有名な前田愛という大学教授の説なんだ。『衆道の詩仙・石川丈山』という論文で、こんな風に紹介しているんだ」

彼女は、まず丈山が衆道者であるという。その根拠を何点か述べている。

「まず第一点目は、井原西鶴の浮世草子『近代艶隠者《やさいんじや》』から、丈山が衆道らしいとする振る舞いが記述されていること。

二点目は、丈山自身の詩作、『覆醤集《ふしようしゆう》』から、『児童』、『童子』、『家童』、『侍童』などの語が頻繁に使われていること。

第三に、林羅山が丈山に送った詩のなかに、それらしい句がみられること。

第四には、丈山の友人である野間三竹が、丈山のことを記した文にもそれらしい表現があること、などを挙げているんだ」

「丈山が衆道者であることを説く研究者はほかにもいますね。先の加藤周一氏もそうでしたね。それで、前田愛さんは、肝心の先登との関係はどういっているんですかね？」と、優人も早く結論を聞きたがっている様子。

「それが、丈山が衆道者であるという点については、これでもかというほど論拠を挙げているんだが、先登との関連については、推測の域を出ない根拠しか提示していないんだね」

仮名草子「色物語」の次の文章を引用して、

——若衆を好むくせものは、無下に心を浮らかし、主君の事より若衆を大切に思ひ、忠節忠功の心薄く、勤むべき奉公に怠り、さきにも思はぬ情に酔ひ、（略）其のごとくなる侍は、主人ならびに朋輩共にもうとみはてられ、ともなふべき友もなければ（略）終には滅して、ひとり転びとなるやから多しと見えたり——

この文のあと、次のように論じているんだ。

——軍律を犯して先登を試み、罰せられるや髪を切って妙心寺にこもってしまった丈山の奇矯な行動も、このような衆道者の精神構造から解けはしまいか——と。

また、

——鉄砲と槍を主体とする散文的な集団戦闘にあきたりなかった丈山は、単騎戦闘の美学に忠実だった。（略）戦いが終わってから、褒賞には眼もくれず、妙心寺に引きこもってしまった丈山は、朋輩眼には『気ちがひ者』とも『ひとり転び』とも映ったに違いない——とね」

「前田愛さんには、丈山は散々な言われ方をしていますね。衆道であるがゆえに、先登という奇矯な行動に出たり、出仕の要請も拒んだと捉えられているんですね」

「あんまりな言われ方よね。冷静に丈山の大坂の陣における先登の後を振り返ってみたら、お母さんの孝養のためとはいえ広島藩の浅野家に一三年間の長きにわたり仕官しているし、『勤むべき奉公に怠り、さきにも思はぬ情に酔ひ』なんていう批判は当たらないと思うわ」

「そして、林羅山や木下長嘯子《ちょうしょうし》、松花堂昭乗ら文人との漢詩の頻繁な贈答もあったし、京都所司代の板倉重宗ら幕臣との交流もあったし、それに何より丈山が九〇歳で亡くなったとき、村中の人たちが丈山を偲んで、百人余りが葬儀に参列しているし、そんなことを考えたら、『主人ならびに朋輩共にもうとみはてられ、ともなふべき友もなければ』なんてこと、ありえないわね」

庸子も華栄子も、丈山衆道説を否定することはないものの、前田愛氏の衆道であるが故の奇矯な行動として先登を見る説には全く合点がいかない様子である。憤慨すらしている。

「そうですね。お母さんの逝去後、広島藩浅野家を致仕したいと申し出ても許しが得られなかったほど信任を得ていたことなど、その他に、丈山が『勤むべき奉公に怠ったり』『主人ならびに朋輩共にもうとみはてられ』たりしていない証拠はいくらもありますね」と、優人も同調する。

「そうだね。こうして今まで、エディプス・コンプレックス説、密偵説、衆道説と三つの説について考察してきたけれども、どれもしっくりきた説がなかったわけだね。つまり、振り出しに戻ったというわけだ」

「丈山本人が先登の理由を語っていないのだから、仕方ないのかもしれませんね」

「本人が語ってくれればすっきりするわね。でも、そんなないものねだりはやめときましょうね」

私たちの丈山先登の謎解きの旅は、こうしてあっさり幕を閉じることになった。

二〇

寛永一二（一六三五）年、丈山の母、病没す。享年七八歳。丈山五三歳の時であった。

ひとり身の丈山、母の遺品を一人で整理していた。戸棚に遺書が残されていた。見事な隷書で記されている。母の教養を偲ばせる。


――重之どの。私は逝きます。もう充分生かしていただきました。

あなたにとっては我儘な母親であったかもしれません。あなたには過度な期待をかけすぎたのかもしれません。

思い起こせば、わが夫信定様が病死されてすぐ、あなたは弟重治ともども徳川家の家臣に取り立てていただきました。

以来、あなたは家康公のお傍で忠実にお勤めなされました。駿府のお城が大火したときなど、その猛火の中を飛び込んで当時四歳の幼い頼房君（家康公の一一男）をお救いした武勇伝も伝え聞いております。

ところが、関ケ原の役、大坂冬の陣と、あなたの武勇を聞くことはありませんでした。最後の戦さと思えばこそ、夏の陣の前、あなたに厳しい檄を飛ばしたこともありました。

私の思いを察してくれたのか、石川の正信お祖父様と同じように、先登を敢行して武功を遂げてくれました。夫信定様やわが父重貞様お二人の悔しかった思いを晴らしてくれたと心ひそかに喜んでおりました。わが石川家の名誉を挽回、汚名を返上してくれたという思いを強くしておりました。

戦役のあとの賞罰の裁定については、先登の咎《とが》によって蟄居を命じられたこと、不本意ながら、私なりに納得いたしました。

いずれ蟄居処分も、家康公の寛大なるご配慮があるものと考えておりました。果たして、大叔父の正信様があなたのことを心配して、幕下に出仕できるよう取りなしていただきました。あなたは、「退隠の志」がございますと、素っ気なくお断りになりました。母は心底心配いたしました。落胆もいたしました。母の愚かしさをお許しください。重之殿、あなたを誇りに思います――

大坂夏の陣の翌年、元和二（一六一六）年のことでした。不覚にも私は重い病に罹り、床に臥しておりました。どこから聞きつけたのか、あなたは、江戸にいる私のところまで駆けつけてくれました。そして、枕元で私をずっと見守ってくれていました。このときの私はあなたの看護のおかげで、病いの苦しさ辛さを忘れて心の平安に身をゆだねておりました。

私が病いに臥せっていたその年の四月一七日に大御所様が、六月七日に本多正信様が、相次いでご逝去なされました。正信様の葬儀の折、親族一同より、あなたが再度仕官するように勧められたことも伺いました。

本多正綱さまより将軍秀忠様のもとへの出仕を強く要請されたとも聞き及んでおりました。その折の招請にも首を縦に振らなかったあなたの退隠の志の高貴さに、私は魂が震えるほど胸が熱くなりました。

元和九（一六二三）年一〇月、板倉重昌殿の斡旋によって、あなたが浅野家に出仕する決意を固めるまで、米櫃が底をつく心配をしなければならないほど、不如意な懐《ふところ》事情でございました。そんな貧しさなど、私は意に介することはありませんでした。

にもかかわらず、あなたは老母への孝養を尽くすために、それまで専念されてきた学問への思いを断つ決心をされました。年老いた母を連れて広島に仕官してくれたこと、不憫な思いをさせてしまったと、申し訳なさと後悔の念に苛まれておりました。胸に込み上げてくる嬉しさがわいてきたことも同時に白状しなければなりません。

故郷三河泉州和泉の家屋敷の処分は、あなたにお任せします。彼の地の沽券《こけん》は一緒に入れておきます。大した財産ではありませんが、あなたのこれからの生活の足しにしてください。

それから、私の亡き後は、妻子などあなたを縛る係累なきゆえ、あなたがしたいことを思う存分していただきとう存じます。

重之様、丈山様。あなたのお蔭で、私は本当に最高に幸せな人生でした――

遺書というにはあまりに冗長な文であるかもしれない。しかしながら、母上の心のこもった遺書として永く心に留めておこうと思った。

そして私は、この母上の遺書を読んで、致仕の決意を一層固めるに至った。

二

「どうだい。石川丈山っていう武士をどう思う?」

「『近代畸人伝』の最初に出てくる人にふさわしい人だと思うよ」

「それから、丈山がひっそり暮らしていたという詩仙堂に早く連れて行ってほしいよ」

今頃の小学生は忙しい。小学校三年生の郎も一年生の昴も、ウイークデーの放課後はサッカークラブ、そろばん教室など、習い事で手一杯。土日は土日で水泳教室、ボウイスカウトなどと結構忙しい。なかなか約束を果たせない。

やむを得ず酷暑を覚悟のうえで夏休みに入ってから、石川丈山を訪ねる散策の旅を決行することになった。

平成から令和に年号が変わった二〇一九年八月八日の朝八時半。すでに三〇度を超えている。今出川東大路、いわゆる百万遍で市バスを下車。そこから北へ向かってゆっくり歩いていく。まず睡竹堂《すいちくどう》跡へ、という予定を立てていた。事前の調べでは、バス停飛鳥井町の北西、田中野神《のがみ》町にあるというから養正自治会館の周辺と見込みをつけていたのだが、一向に見つからない。

「少しお尋ねします。このあたりに睡竹堂という石柱があるらしいのですが、ご存じありませんか?」

近くを歩いている地元在住らしきご婦人に聞いてみた。

「えー、わかりませんね」

今度は中年の男性にも聞いた。

「まったく知りませんね」

仕方ない。養正自治会館を覗《のぞ》いてみた。そこにおられた初老の男性に聞いてみたが、ご存じない。

「ところで、睡竹堂って何ですか?」と、聞き返された。

「詩仙堂はご存じですよね。石川丈山が詩仙堂に住まいを構えるまでの仮の住まいとしていたところが睡竹堂といって、この辺りにあったらしいんです。で、『石川丈山翁睡竹堂邸址』という石柱がこのあたりに立っている、とある書物に書いてあったんです」

「この辺りには、そのような石柱は見かけないね」

自治会館で何か仕事をされている地元の物知り風の人も知らない。お手上げなので、詩仙堂へ直行することにした。

「ごめんね。事前に調べた本には書いてあったので、睡竹堂から詩仙堂へと、かつて丈山自身が通った道のりを辿ってみたかったんだけどね」

「大丈夫だよ。誰にも失敗はつきものだからね。ねえ、昴ちゃん」

「そうだよ。気にしなくていいよ。お爺ちゃん」

優しい孫二人に慰められ、心癒される。

後日談になるが、ネットで色んな角度から調べてみたところ、すでに撤去されているようだ。京都市石碑・石柱一覧などを見ても載ってない。どうやら、丈山生誕地、三河安城市和泉町の篤志家が、睡竹堂の一部、書斎にあたる建物（学甫堂）をご自宅の庭に移築、復元されたときに一緒に移されたのかもしれない。

東大路通りは影もなくすこぶる暑い。イチョウ並木が陽射しを和らげてくれるかもしれないと思い、白川通り沿いをまっすぐ曼殊院《まんじゆいん》通りまで北上することにした。そこから曼殊院通りの急坂を東上。かなり勾配のきつい斜面をフーフー言いながら登る。

「郎君、昴君、しんどくない？　大丈夫？　頑張ろうね」と励ましながら上る。

「こんな坂、全然どうってことないよ。だって、いつもサッカーで鍛えてるもんね」

急斜面の坂を上ること、およそ五～六分。百万遍から歩くこと一時間とちょっと。ようやく詩仙堂に到着。

――史蹟　詩仙堂――の石碑が立っている。

「ようやく着いたね」

「早くなかに入ろうよ。木陰があって涼しそうだよ」

「そうだね。両側の竹林のおかげで、なかは随分涼しげだね」

「それに、一歩なかに入ったら別世界みたいだよ」

「江戸時代にタイムスリップしたみたいだね」

郎も昴も、そして私も、ほぼ三五〇年の歴史の重みを身体いっぱいに感じながら、「小有洞《しょうゆうどう》」という小門をくぐって石段を一歩一歩登っていく。突き当りを左に折れると、「梅関」の額が掲げられた二つ目の門をくぐると玄関がある。知の巨匠、加藤周一氏に倣って、「拝観料」ではなく、「入場料」を買ってなかに入ると、左側に詩仙の間が見える。

「ここが詩仙堂という名前の由来になった部屋だね」

「大勢の人の肖像画が飾られているよ」

「三六人の中国の詩人の肖像画だね」

「石川丈山が林羅山に意見を聞いて選んだ三六人だったね」

「郎君はよく覚えているね。だったら、聞いてもいいかなあ。丈山と羅山の間で、意見の合わない詩人がいたのを。それが誰だか覚えているかな」

「王なんとか、という人だったね」

「正解。王安石という詩人だね」

「お父さんが、そんなに悪い人なんだろうか？　って聞いていた人だよね」

「そうだね。お父さんがこだわっていた人だね」

「わあ。ここ、すごいね」

広間まで来て、昴が感嘆の声を上げる。

私たちの目の前にサツキの刈り込みとサザンカの大木と白砂が一面に広がる庭が開けてきた。

何人か観光客が畳の上に座って話を交わしている。一つの集団は地方の大学の同じクラブか同好会の男女のようだ。

「時間が過ぎるのを忘れてしまうほど、心安らぐ気持ちになりますね」

「思わず、物思いにふけってしまいそうですね」

「石川丈山の精神世界を垣間見る思いになるね」

大学生たちが思い思いに感想を交わしている。

「お兄さんたち。石川丈山がこの詩仙のなかに王安石を入れなかったこと、知っていますか？」

大学生の会話に割り入むように、郎が話しかける。

「僕たちは日本近世思想史研究会のメンバーだから、もちろん知っているよ」

代表者らしき学生が、郎の質問に答える。

「じゃあ、丈山が、なぜ三六人の詩仙の中に王安石を入れなかったのか、わかりますか？」

「君は小学生なのに、随分難しいことを聞くんだね」

「漢詩や朱子学の先輩、林羅山が王安石を入れるべきと言ったのに、丈山は入れなかったんですね」

「そんなことまで知っているんだ。大したものだね。じゃあ、僕が知っている限りの知識で説明してみるね。

つまり、丈山は、王安石という人物が許せなかったんだ。中国の宋という時代の政治家だったんだが、彼が行った政治が悪政で、丈山には許せない政治家、人間だった。だから、彼の詩も認めない、と考えたらしいよ」

「僕のお父さんは、王安石って、そんなに悪い政治家だったんだろうか、って自分で問いかけていたんです。どう思いますか？」

「んーん。そこまではわからないなあ。王安石のことをしっかり勉強しないと迂闊なことは言えないしね。今度、調べておくね」

「ありがとうございました。大学生の皆様」

日本近世思想史を研鑽する大学生をタジタジにさせてしまった。郎の質疑の切込みかた、見事というべきか大胆不敵というべきか。ともあれ、郎自身がここまで丈山理解を深めていることに敬意を払いたいと思った。

大学生たちに挨拶を交わして、下駄を履いて庭に出た。史蹟の庭園としてはさして広くない。回りを一周する。

上品と言っていい小さな池に水連と花しょうぶが浮かんでいる。暑気を忘れさせてくれる仕組みになっている。池の向こう側には、赤紫色が特徴的な京鹿の子が咲いている。花火のような花弁が疲れを癒してくれる。その他きれいな花風景に魅了される。丈山の作庭の術に感心するばかりである。

「あれを見てごらん。階上に、一箇所突き出ている楼台があるだろう」と、私は、嘯月楼《しょうげつろう》を指さす。

「あれが、嘯月楼といって、北・東・西に窓があって京都全体が見渡せる構造になっているんだ。それで、あそこから天皇や豊臣方の動きを監視していたと、丈山スパイ説の理由の一つにされたところなんだ」

「階上に上がってみたいね」と二人は好奇心をたくましくする。

「残念ながら、階段の前に通せんぼがしてあって上がれないようにしてあるよ」

「なんだ、残念だな。階上に上がって京都のどのあたりまで見通せるか、大阪城が見えるか、自分の眼で確かめたかったなあ」

朗は、丈山スパイ説の正否を確かめたかったという思いをにじませている。

庭をゆっくり回り終わったころ、鹿おどしのカーンという音を合図に詩仙堂を後にした。


「次は、丈山の墓に行く予定を組んでいるんだけど、大丈夫？」

「まだ全然どうもないよ。水分もしっかり摂っているからね」

もと来た道に出て、すぐの細い道を南へ行く。金福寺の入り口を通り抜けて、波切不動尊を目指してくねくね道を間違わないように、朗・昴に声をかけながら歩みを進める。地図には、波切不動尊以南の丈山の墓にたどり着く道程は記されていない。結構な山道である。

「ねえねえ、お爺ちゃん。本当にこの道で合っているの？」

「お墓へ行く道にしては険しすぎない？」心配そうに歩みを緩める朗と昴。

「大丈夫。以前お祖母ちゃんと下見してあるから、間違いないよ」

実は、下見のとき、地図には南からのルートも北からのルートも路が途切れているので、とりあえず南からのルートを辿ってみた。山の岩壁にぶつかり、先に進めなかった。次は北からのルートを歩くしかない。迷い迷い山道を歩いた。途中地元のご婦人に地図を片手に聞いてみた。

「このあたりに石川丈山という人のお墓があるらしいのですが、どのあたりにあるかご存じありませんか？」

「一乗寺松原町って書いてありますね。この付近は松原町ですが、そのお墓は知りませんね。長くこの地に住んでいますが、ごめんなさいね」

別のご婦人にも聞いてみた。

「金福寺に有名な人のお墓はありますよ」

このご婦人は与謝蕪村の墓と誤解されている様子。

自力で探すしかないと決めて、波切不動尊の横を通る道を進んでいった。かなり険しい山道。登山道のようながたがたの道。本当にあるのか、と疑心暗鬼になりながら歩き続ける。そしてようやく見つけたのだった。

険しい道のりの途中に、「史蹟　石川丈山墓」の石碑が見える。そして、石段を登りきったところに、丈山の墓があった。

朗も昴もそのときの私たちと同じように不安そうな表情で歩いている。額から汗がにじみ出る。見つけた時の感情はこれも私たちと同じ、驚きと達成感が湧き出るに違いない。

果たして、その驚きと達成感の瞬間がやってきた。

「すごいところにあるんだね。これじゃ、なかなかわからないね」

「随分、人里離れた山の中に造ったもんだね」

「まるで、森の中だね」

「ねえねえ、お墓にしては珍しいぐらい文字がいっぱい書いてあるよ。難しすぎて全然読めないけど」

「確かに読むのは難しいけど、書いてある内容は、二人ともすでに勉強したことばっかりだよ。例えばね、ここに『而先登矣』とあるね。とそこを指さす。ここには『詩仙堂』。ここは『三十六人』などね。

知っているだろう。ゆっくり時間をかけて読もうとしたら、意味は大体わかるよ」

「なるほど。お爺ちゃん、すごいね。本当感心するよ」

「歩いているときは、道が険しかったからしんどかったけど、ここに着いたら涼しいので助かったね」

「じゃあ、少し休憩したら、お昼ご飯を食べに行こうか」

白川通は、知る人ぞ知るラーメン街道。一乗寺駅周辺のラーメン屋に入って、郎はラーメンと半チャーハンの定食。それにから揚げを注文。昴はラーメンと餃子の定食を注文。酷暑のなかかなりの距離を歩いたにもかかわらず、小学生二人の食欲のすごさにただただ感嘆する。

「丈山の詩仙堂とお墓の見学が終わったから、次は林羅山の奉先堂《ほうせんどう》の番だね。ここからはかなり遠いから叡電に乗っていこうか」

「そうだね。お墓の山道は結構疲れたからね。それがいいよ」

叡電で一乗寺駅から二ノ瀬駅まで。鞍馬《くらま》線に乗って約二〇分。とても一乗寺から歩いて行ける距離ではない。終点鞍馬駅の二つ手前に二ノ瀬駅がある。

二ノ瀬駅から貴船《きふね》口の方に向かって三〇〇メートルほど行った線路沿いに「奉先堂碑」が立っている。一六一一年に林羅山が徳川家康より領地として下賜された領地である。以後、二ノ瀬村高三五石は林家の知行地となった。ただ羅山自身はこの地に居住したことはなかったようだ。羅山没後、羅山の孫、林鳳岡《ほうこう》が林家の堂を建て、奉先堂と名付けたと伝えられている。

丈山にとって、林羅山は藤原惺窩門下の朋友であるばかりか、生涯にわたる盟友と言って過言でない無二の友である。詩仙堂に掲げる詩仙三六人を選定する際にも、丈山は羅山に意見を聞き、その多くを採用するほど信頼に値する盟友と考えていた。

　丈山を深く知るには、その盟友を知ることも大事という考えから林羅山のことも調べることになった。その一環として、今回、羅山の奉先堂碑へも行ってみようと、二人に提案したのである。

「奉先堂碑」も簡単には見つからなかった。

　二ノ瀬駅を降りてすぐの道を北へ。地図にはそう書いてある。二ノ瀬駅まで戻ってみることにした。二ノ瀬駅は無人駅、当然駅員さんはいない。たまたま軽トラが通りかかったので、聞いてみた。

「奉先堂碑、知らないなあ」

「じゃあ、大日大聖不動尊はご存じですか」

「ああ、それなら、この道をまっすぐ行ったところにありますよ」

　と丁寧に説明してくれた。

　確かに、大日大聖不動尊はすぐ見つかった。さっき乗ってきた叡電鞍馬線を横切って山のほうへ行く道にある。線路を横切るのに、踏切も遮断器もない。電車が来そうにないので、線路を渡ってまっすぐ進んだ。

　崖に小さな滝が流れている。その横に大日大聖不動尊はある。傍に洗面器と雑巾、洗剤などが置いてある。誰かボランティアの人が掃除に来られているようだ。踏切のない線路上を横切る人が日常的にいるのだと変に納得する。

　ところが、肝心の奉先堂碑は見つからない。もう帰ろうかと線路を渡って振り返ると、線路を渡ったすぐ横に、フェンス越しにあった。なぜか、目立たないように。誰にも気づかれないように。ひっそりと、恥ずかし気に立っている。

――奉先堂碑――

叡電鞍馬線の単線区域。踏切のない線路。それを横切る行為。誰にも気づかれないだろうに、内に入れないようにしてある防護用フェンス。何もかもが珍しい光景を朗も昴も私もシャッターを押し続ける。単線の上を走る田舎風仕様の叡電の車両も記念にと一両乗るのを遅らせてシャッターを押す。ゴー、ガタンガタン。叡電の一両のみの車両が静かな音を響かせながら、こちらに向かって走ってくる。カシャカシャカシャ……。

三人は連写の音を響かせる。

「こんなに珍しい景色を見られただけでも、来てよかったね」

「写真もいっぱい撮ったよ」

「お家に帰ったら、お父さん、お母さんにも見せてあげようね」

酷暑の京都、夕刻前、汗だくになりながら、私たちは家路についた。

二二

木屋　晴巳様
嶋　郎　様

ご家族一同様

拝啓、

突然のお便り、さぞ驚かれたことと存じます。私は静岡大学の学生で、石川圭と申します。石川という姓ですが、石川丈山とは何の繋がりもありません。先日サークル仲間たちと京都を訪れ詩仙堂へ足を運びました。その時小学生のお孫さんと少しお話をさせていただいた学生です。覚えておられるでしょうか。

お孫さんから、「石川丈山が詩仙堂に飾る三六人の詩仙に王安石を入れなかった理由を知っていますか？」と聞かれました。また、「石川丈山は王安石を悪党の政治家だったと言っていますが、そんなに悪い政治家だったのですか？」とも聞かれました。

お孫さん、確か郎くんという名前でしたね。小学校三年生と伺いました。大変驚きました。小学校三年生が、そんな難しい質問をするなどということを全く想定していませんでした。

王安石のことを、私もそれ程《ほど》承知していませんでしたので、「調べておくね」と生返事をして別れました。お孫さんとの約束を反故にするわけにはいかないと思い、静岡に帰ってから少し調べてみました。

石川丈山は、確かに全人格を否定するかのような表現で王安石を批判しています。いわく「文学をもって人を殺し、国を乱し、禍いを後世に及ぼし、天下を壊す。その罪甚だ大きい」と激しく非難しています。そして、「人臣の姦賊」とか、「古今第一の小人」とか口汚く罵っています。

ところが、その批判の根拠は明確には述べていません。少なくとも林羅山との書簡の中には見られません。それどころか、「余之僻《よのへき》」（自分の癖）と言ってしまっています。驚くべき表現です。一体、丈山に何があったのでしょうか。思慮深き文人である丈山が「自分の癖」で済ますなど、どういうことなのでしょうか。

ともあれ、王安石という人物がどういう人であったのか。またどういう政治家であったのか。丈山自身が極めて悪い評価を下したことから一旦離れて、中国宋代に遡って私が知りえた範囲で王安石評について簡単に書いてみたいと思います。

彼、王安石は一〇二一年、江西省（中国の南部）で生まれています。家はそれほど裕福でも特段貧しくもなかったようです。勉強は得意だったらしく、二二歳の若さで科挙の試験に合格し、官僚になっています。そして四九歳で副宰相、五〇歳にして宰相になり、新法と言われる改革を推し進めました。改革の内容は省略しますが、彼の政治信条については触れないわけにはいきません。彼の詩から、政治信条が窺《うかが》える詩を紹介したいと思います。

まず、二七歳のときに詠んだ「収塩」という詩の中に、「一民の生、天下に重し」という句があります。これは、一介の農民や市井の人たちもその命は地球よりも重いのだ、という王安石の民衆に対する情が込められているのだと思います。

三三歳のときには、「廩《くら》を発《ひら》く」という詩で、次のように詠っています。

――古《いにしえ》の聖天子には恒常なる法度があり
富の分配は天子の仕事だった
後世、古代のやり方に復帰せず
貧乏人は土地兼併の大地主を主人と
仰ぐようになった
（後略）――

つまり、王安石は、少数の者が富み多数の者が貧困にあえぐという富の不均衡を正すのが為政者の社会的責務だと考えていたようです。

また、四八歳のときには、「兼幷《けんぺい》」という詩で、このように語っています。

――俗吏は正しい政治の仕方を知らず
搾取できれば有能だと心得ている
俗儒は時代の変化を知らず
だから兼併はつぶせないわけだ
（中略）
人民はいよいよかわいそう――

この「兼幷」という詩は理解が容易な詩だと思うので、注釈はつけませんでした。

以上二つの詩の現代語訳は、三浦國雄氏の『王安石〜濁流に立つ』より引用しました。

古来中国には「その貧しきを憂えず、均しからざるを憂う」という考えがあったらしいのですが、これら三つの詩から推し量ると、王安石は権力者側につく官僚ではなく、「均しからざるを憂」い、民衆のために思いを寄せる官僚であったと推察できます。

ではなぜ、権力に恬淡であった石川丈山が、民衆の側に立つ王安石のことを「人臣の姦賊」などと罵りの言葉を投げかけたのでしょうか。私には理解が及びません。

ただ一つ思い当たることは、王安石は民衆の苦しみに寄り添う官僚ではありましたが、その政治手法に関しては民主的に民衆の声を聞くという姿勢はなく、民衆の世論に従うばかりの政治なら君主も官僚も必要がないと、政治は為政者に任せよという姿勢だったようです。杜杞《とき》という人物に宛てた書簡には、「民衆は政治の成果を一緒に楽しめばよいのであって、政策に着手するときに相談する必要はない」とまで書き記しているのです。

でも、これは皇帝絶対の時代に生きた当時の人にとっては至極当然の手法で、これをもって丈山が安石を罵倒するほどのこととは思えません。もう一度繰り返しますが、私には理解できないことです。

私が読んだ王安石に関する数冊の書物の現代の著者は、みんな「孤高の改革者」とか、「革新の先覚者」とか、と王安石のことを絶賛しています。丈山が言うような悪い政治家だったとは思えません。民衆の生活をよく理解し、民衆に寄り添う政治家だったのではないでしょうか。

以上、私が調べ、感じたことを述べさせてもらいました。

私は、中学校か高校の教員を目指しています。教職関連の授業では繰り返し生徒に寄り添う姿勢の大事さを指導されています。少なくとも生徒との約束は必ず守ることは必須であると考えています。

郎君とはただの通りすがりで、一言二言、言葉を交わしただけですので、返事を期待されてもいないのかもしれません。ですが、将来生徒に信頼され頼られる教員になるためには、郎君との約束も適当に振る舞ってはいけない。彼との約束をきちっと果たさなければならないと思い、取り急ぎ手紙を認めることにしました。

王安石についても、一面的な視点ではなく多面的多角的に評価する必要があると考え、少し研究してみることにしました。お陰で様々な見方、様々な評価があることを知ることができました。とても素晴らしい機会を提供していただけたと思っています。その意味では、郎君に情報を提供できることを感謝しています。

乱筆乱文をお許しください。また、郎君にもよろしくお伝えください。

敬具

石川のお兄さん、お手紙ありがとうございました。

内容はお爺さんに読んでもらいました。難しくてわからないこともたくさんありました。でも、王安石という人がそんなに悪い人でないことはわかりました。どちらかというと、庶民というかみんなのことを考えて政治をした人、立派な政治家だったと思いました。

今まで日本の歴史を自分で勉強してきました。それから石川丈山のこと、林羅山のことなど江戸時代初めのころの人たちのことはお爺さんたちと一緒に学んできました。これからもどんどん歴史の勉強をしたいと思います。中国の歴史も面白そうですね。日本の歴史が中国ともいろいろ関係しているのだということも知りました。

お兄さんから手紙がくるなんて思ってもみなかったので、とてもうれしいです。これからもよろしくお願いします。

嶋　朗　より

石川　圭　様

前略
お便りありがとうございました。
早速、郎にも見せました。正しくは読んで聞かせました、と書くべきですね。大変感動しておりました。一面識しかない静岡の学生さんからこんなにも丁寧な手紙をいただくなんて、なんと素敵なことなんだと喜んでおりました。
彼、郎は、思ったことをストレートに口に出すタイプです。時にハラハラすることがあります。詩仙堂での会話の際に、何か失礼なことがなかったかと心配しておりました。貴方の手紙を拝見すると、それは杞憂に過ぎなかったと安堵しております。

さて、短期間の間に王安石に関するいろんな書籍を読まれて、内容の濃い文章を送ってくださいました。感謝に耐えません。

朗の父、嶋優人といいますが、彼も王安石のことが気になっていたようで、少し調べてみたらしいです。

彼もあなたと同じく、王安石に関する当初の印象を変えたようです。丈山や羅山が言うような悪党の政治家ではなく、王安石が行った政治改革、いわゆる新法はおおむね民衆のためを思った改革だったのだろう、と考えています。

ではなぜ、丈山や羅山があれほど王安石を批判したのかという疑問については、あなたと同じように理解しがたいと感じたようです。ただ、思案の末、こんな風に考えたようです。

王安石が宰相の座から失脚した後、仇敵の司馬光が宰相となり、王安石の行った新法をすべて廃止しています。そしてその後の中国は旧制度を復活させた旧法党の時代となり、旧法党の権力者たちが旧法党の司馬光を名宰相、新法党の王安石を悪辣な宰相というレッテルを貼ってしまったのです。そんな考え方が清末まで続いてしまった。そのような中国における王安石評の傾向が朱子学の伝来とともに、わが国の室町時代、江戸時代にも伝わったのではないか。したがって、丈山や羅山の王安石評は、この時代の定説だったのではないか、という考えです。つまり、丈山も羅山も、時代の子であった、当時の定説とされていた考え方からは逃れられなかったと。

それから、あなたの手紙に、中高の教員を目指していると書かれてありました。「一面的な見方ではなく多面的多角的に評価する必要があると考え」とも記されていました。

あなたもご存じのように、「新学習指導要領解説・社会編」には、「多面的・多角的に考察」することの重要さを説いています。そしてこの「多面的多角的考察」とは、「学習対象としている社会的事象自体が様々な側面をもつ《多面性》と、社会的事象を様々な角度から捉える《多角性》とを踏まえて考察することを意味している」と記されています。（以上、「新学習指導要領解説・社会編」より）

あなたが書かれているように、多面的・多角的に考察することはとても重要なことですね。

王安石に関しては、一九世紀の清末まであまり評価されませんでした。ようやく、蔡上翔が一九世紀初めに、そして梁啓超が一九世紀末に王安石を変革者として評価するようになったのです。郎の父親が考えたように、宋代の権力闘争に勝利した旧法党が情報を操作し、新党派の王安石を性悪な宰相というイメージを浸透させたのに対して、清末から中華民国建国前後の梁啓超などは、自分たち改革派の立場から中国民族の保守性と戦った王安石を高く評価していますね。ちなみに、梁啓超などは、王安石を私たちの希望の星とまで激賞しています。

話題が少し変わることをお許しください。先ごろ読んだ早乙女貢氏の『敗者から見た明治維新』という本のあとがきに、こんなことが書かれていました。〝歴史は勝者が作る〟とは、動かし難い事実である。（略）勝者の持つ権力が、歴史を変え、歴史を作り、人はその作られた歴史の流れに乗る。（略）勝利者の権力は、真実の叫びを抹殺する。殊に、悪辣な手段で天下を握った権力が、過去の悪事の隠蔽のために、非情冷酷な仕打ちで口封じをすることは、多くの歴史が物語っている」と。

これはつまり、勝者の側のみの考察では、真実が語られない、ということを意味しているのでしょうね。敗者の側からの真実の叫びにこそ、まっとうな真実の歴史があると、氏は訴えているのです。

氏の説に則れば、敗者の側の人たちへの考察が、「多角的に考察する」ことに繋がるのではないでしょうか。

私も早乙女氏の考えに準拠して、こんなことを考えてみました。つまり、歴史を勝者の側、歴史を動かした側の一方面からの考察ではなく、歴史に逆らい歴史の逆流に飲み込まれた人々の無念さなどに想いを寄せること。そういう人たちの怨念にも似た心の奥底に通底する思念・心象が、表面には決して表れない魂のようなものとして歴史を動かす要因の一つになっているのではないか、と。そして、そういう人たちの側からの考察が、「多角的に考察する」ことに繋がるのではないかと考えてみました。

王安石に関しても、時代時代によって評価が一八〇度変わること、時の権力者の意向によってどのようにも評価は変わるということを学びました。であるなら、真理を究明する手立ては、原点であるべき民衆の声なき声に忠実に迫る、地道な作業しかないのではないでしょうか。

それから、あなたの手紙に、「丈山は、王安石批判の根拠を明確には述べていません。少なくとも林羅山との書簡の中には見られません。それどころか、「余之僻《よのへき》」(自分の癖)と言ってしまっています」と書かれていました。

私も最初、この姿勢はどうしたものかと思いました。でもよく考えてみれば、これは論文でも評論でもないわけで、羅山との書簡のやり取りなのです。王安石の政治家としての悪評という点ではお互い理解し合っていることですよね。だからその論拠をわざわざ立証する必要はありませんよね。それに丈山が「私の癖」と言ったのも、彼の書簡の前後の文から察すると、王安石の詩歌を詩仙堂に掲げるとすると毎日朝夕、彼の姿を見ることになる。それが耐えられない、という気持ちになることを「私の癖」と言っているわけですね。したがって、王安石を無前提に批判したことを「私の癖」と言っているわけではないのですね。どうでしょうか。こんな風に解釈すると納得がいくのではないでしょうか。

だらだらと駄文を書き連ねてしまいました。あなたの今後ますますのご活躍を祈念して筆を置きます。

草々

木屋　晴巳

二三

丈山は、詩仙堂に掲げる三六詩仙の選定について、林羅山との間で激烈な論争を繰り返した。その焦点となったのが王安石を詩仙に加えるかどうかについてであった。

二人の王安石評の異同より、私には二人の関係に係る疑問がある。それは、丈山がなぜ羅山と親密な交友関係を持ちえたか、ということである。

林羅山は、周知のように、自らの信念、儒家としての矜持を捨ててまで、徳川家康に仕える道を選んでいる。彼は、二五歳の年に家康の命により出家剃髪。四七歳の時には僧侶の最高位ともいうべき民部卿法印《みんぶきょうほういん》を受けている。

同時代の儒家の一人、中江藤樹《なかえとうじゅ》は、「林氏剃髪受位弁」で、羅山の剃髪、法印叙任を痛烈に非難している。

——廃仏を唱える羅山が剃髪出家するのは、自らの魂を売り、「口耳をかざり利禄のもとめとのみ」する行為であり、したがって彼は真の儒者ではなく、そして彼の学問は偽物である、と。

また、大坂の陣に際しては、方広寺鐘銘問題で、豊臣方に対するいわば言いがかりともいうべき戦さの口実を家康に進言した。

まさに家康に追従する曲学阿世の徒、御用学者である、と——

丈山や羅山が生きた時代の羅山評は、おそらくその類いのものだったのではないか。少なくとも中江藤樹をはじめ儒学者の世界では、そうだったのではないか、と私は考えている。

では、儒者である丈山は、儒者の羅山をどう思っていたのか。

文武両面にわたって人並み外れた才能を有しながら、一切の官職を絶ち、栄誉や名声を求めず、華やかな世界から自らを遠ざける生き方を選んだ武人、石川丈山。

彼がその真逆といえる人生、自らの信念、信条をも振り捨てて権力にすり寄り、己の栄誉栄達に人生を捧げ、徳川政権の御用学者と蔑称された林羅山のことを。

では逆に、羅山の方は丈山のことをどう思っていたのか。

もう一度私の疑念を繰り返そう。丈山と羅山、この二人が儒学と詩歌を通して朋友であったという。なぜ、生き方の真逆な二人が良好な友人関係を保つことができたのか。

丈山は、王安石については、彼の詩歌の良否はともあれ、政治家としての業績や人間性について辛辣なまでの批判を加え、悪しき人間性の下には悪しき詩歌しか生まれないとまで言っていたのである。

それなら丈山は、羅山の曲学阿世とも蔑まれた生き様を批判することはなかったのだろうか。

二四

わが朋輩、石川丈山君に捧ぐ。

私は鮮明に覚えている。貴君もおそらく記憶に留めていることと思う。元和二（一六一六）年一二月、私が貴君に宛てた書簡のことを。

そこには、こう記した。

――大坂夏の陣において、我が徳川軍は豊臣軍を征伐した。丈山君よ、貴君はその戦さで、血気盛んな若者のように先登を企て、敵の首級を奪ったと聞いた。貴君はその戦功を家康公に報告することもせず、蟄居という裁定を甘んじて受け入れた。家康公が貴君の戦功をご存じだったかどうかはともあれ、私には不可解で理不尽ともいうべき裁可だったと思う。

それは、ちょうど中国の春秋時代、晋の明君、文公が長期にわたる亡命生活を経て、晋の君主の座に就いたとき、彼を陰で支えた臣下の一人、介子推《かいしすい》に対して何ら恩賞を与えなかったことと同じではないかと。明君家康公の処断、如何なものかと憤慨している——と。


その後の貴君の退隠の志、その思いの潔さに触れるにつれ、介子推のことをもう少し語らずにはおれないという心情がかなりの熱量をもって私の心の奥底に渦巻いてきた。貴君の思いを介子推に事寄せて今一度、しっかり語ってみたいと思う。

司馬遷の『史記』によれば、彼、介子推は、晋の文王、別称重耳《ちょうじ》の忠実な臣下であった。重耳を理想の君主と仰ぎ、理想社会建設のために、無私の思いで徹頭徹尾、重耳を守り支える。

重耳は君主になるまでの一九年の長きにわたり、亡命生活を余儀なくされる。何度も命を狙われ殺されそうにもなる。食うや食わずの惨憺たる亡命生活、それこそ辛酸を舐める苦渋の生活を送ることになる。

介子推は、そのような危機の状況下、重耳を敵から命を守り、食糧を調達し、心血を注いで支える。理想社会建設を希求する理想の君主（指導者）として重耳を崇敬し、彼の君主擁立に奔走する。そんな一途で純粋な革命精神に満ちた介子推の粉骨砕身の闘いが続いた。その甲斐あって、重耳は文王として晋の王位に就く。

晋の君主となった文王は、介子推の期待を裏切るかのように凡庸な人物に過ぎなかったことを露呈する。美辞麗句を並べる近習には論功行賞を行う。陰で人知れず重耳（文王）のために身を粉にして闘った介子推などには一瞥もくれない。

介子推は、つまるところ、重耳も権力の論理、体制の論理で物事を考える旧来型の君主に過ぎないことを思い知らされる。そして、故郷の山に隠れ、隠者となる覚悟を決めた。

さて、ここからでござる。

介子推は、自分が恩賞に与らなかったことに失望したか、立腹したか、それが原因で山中に閉じこもったという吾人もおるやに聞く。

だが、そうではあるまい。彼の高潔さ、潔癖さ、純粋さにとっては、恩賞などどうでもよいのだ。世間的な栄達など眼中にないのだ。

ひとえに晋の王となった重耳に失望したこと。自分に人を見る眼力がなかったことに無力さを感じたのだ。それこそ介子推が山にこもった真意なのだ。

とすれば、丈山君、貴君の場合はどうなのか。

元より、恩賞に与れなかったことへの不満、家康公へのうっ憤などではなかろう。

では、介子推と同じく家康公への失望なのか。それとも元々退隠の志が強固だったのか。

丈山君、寛永二〇（一六四三）年のこと、私が「詩仙堂記」を記したことも今は懐かしい。

私がまず草稿を送り、修正の希望があるなら申し出てもらいたいと書き添えた。貴君は二人の間に遠慮はなかるまいと、書き直しを依頼された。拙宅及び辺りの風景も描写願いたいと。また、私の遁世は一朝一夕の事ではなく、二〇年来の希望であったこともよく知っていてくれるのだから、そこのところも付け加えてほしいと。

私は快諾し、修正版を早速貴君に送った。

——詩仙堂は何のために造ったのか。石川丈山君が世を避けんがためである——と始まる「詩仙堂記」。

以下のように拙文を続けた。

——丈山君は参州和泉の出身、代々武家の家柄である。かつて、家康公に仕える。その身分は低くはない。毎日のように書を読み、詩を吟じ、自ら英気を養う。

大坂夏の陣のとき、軍令に反して先登を企てる。難波城の桜門において、何人か敵兵の首を斬り、己れの名を轟かす。家康軍が凱旋し、豊臣氏を滅亡させるに及んで、丈山君は家康公のもとに出仕せず。

善く老母の世話に尽力す。老母を養うのに、広島浅野家に出仕する。家貧しく老母は出仕を喜んだが、母の死後しばらくして官を辞し、京に帰り、一乗寺のあたりに住す。悪木を伐採し、湿気の多い土地を耕し、足場を固め、堂を建てた。中華の詩人三六人の詩と像を壁にかけ、詩仙堂と名付ける。

私は江戸に居り、丈山君と書簡にて何度も詩仙について論じあった。

寛永二〇年冬、官命により京に入り、暇を見つけて丈山君と会い、ともに喜び合った。詩仙堂に入り、深山の緑の樹林の間に立ち込める瑞々しい山気に心洗われた。

比叡の山のふもと、鴨川の水の流れ、西には京の御所、南には岩清水八幡宮、右には家康公の二条城、遠くには大坂城まで四方八方見渡すことができる。四方の景色あまりに多く書き記すのが難しい。そのあと、詩仙堂内の庭、蔵書の部屋、小有洞、嘯月楼、躍淵軒《やくえんけん》、洗蒙瀑《せんもうばく》など、凹凸窠《おうとつくつ》と名付けられた名所を紹介する。

そして、三六人の詩仙選定の件に触れる。貴君が選んだ人は皆世を離れ、道を楽しんだ人である。今、貴君も世を避け、世俗の欲望を求めず、幕府の惜しむところである。その思い深きにより、出世の欲に流されず、自ら身を引いた人ばかりを選定したのであろう——

貴君の生き様に心より凱歌を贈る賛美の文として、また、憧憬にも似た至純なる吾が情念の書簡として受け取ってもらいたい、と追伸に付け添えた。

丈山君、貴君は、朋友としての吾が思いを書き記した「詩仙堂記」を大いに気にいってくれた。そしてまた朋友としての返答として、額縁をこしらえ詩仙堂に飾ってくれた。うれしい限りである。

心残りのことはただ一つ。王安石のことでござる。貴君は頑として詩仙の一人に入れることを拒まれた。その理由はよくわかるし、貴君の思いも知悉しているつもりだ。

だが、安石の詩歌のみならずその人間性についてももう一度考究すべきであるとずっと思ってきた。

もしその機会があれば酒でも酌み交わしながらゆっくり語り合いたいと考えておる。いかがでござろうか。

二五

我が子、鵞峰《がほう》、読耕斎《どくこうさい》はじめ吾が子孫たちへ

皆が知っての通り、慶長一二（一六〇七）年、二五歳のときである。大御所様の命により、私は剃髪し、名を道春と改めた。

寛永六（一六二九）年、四七歳のときには、民部卿法印の叙任も拝受した。出家は人倫に背くと僧侶になる道を拒絶した私が、何ゆえ剃髪出家を命ぜられ、それに唯々諾々と従ったか。また、民部卿法印という僧籍の位を甘んじて拝受したか。

己れ自身、忸怩《じくじ》たる思いであったことは言うまでもない。大御所様のもとを去って、一人儒者として生きる道を模索したことも一度ならず何度もあった。

周りの者たちからは、儒者羅山が何故剃髪出家したのかと不審に思われたかもしれぬ。あるいは、羅山よ、おぬし変質したのかと蔑《さげす》む儒者もいたかもしれぬ。元々、羅山なる者は名利を求めて家康公に取り入った、権力に迎合する追従者に過ぎなかったと見下す幕閣もいたかもしれぬ。

世の批評など捨てておいて一向構わないのだが、未来永劫にわたって林家が汚名にまみれるかもしれぬ。子孫にそのような負債を負わせるわけにはいかぬ。林家の先祖の林羅山なる人物は真の儒者ではない。名聞名利の欲に走った俗儒なりなどと罵倒されるがままにしておいて、子孫にあらぬ悲哀を味合わすのはあまりに不憫である。

わが子孫には、われの心に通底する思いを伝えておかねばなるまいと決心した。

そこで、われは一子相伝ならぬ、一族相伝の思いを込めて、「法印位に叙せらる　詩并《なら》びに序」を作り、当時の心境を吐露したのである。

こう記した。

――それ法印は沙門の位なり。而して僧正の官に配す。今、余の兄弟は元と是れ儒なり。然るに祝髪するは久しく国俗に随《したが》ふ。太伯の断髪、孔子の郷服と何ぞ以て異ならんや。復《ま》た何をか傷まんや――

つまり、剃髪出家することも、僧籍の位を拝受することも、幕臣としてのいわば国俗、風習、習わしに従ったまでのこと。魂を売ったわけでも、儒者としての思想信条を捨てたわけでも毛頭ない。片腹痛いとはこのことなるぞ。

それよりも、大御所様が開かれた江戸の幕府のもとで、戦国の世に終止符を打ち、治国平天下の世を築くこと。そのお役に立つこと。そのことこそ、私の唯一の願いなのだ。そして、その天下泰平の世の中を築くために、わが儒教道徳を皆の行動規範にまで高めなければならない。これぞ、私の信念なのだ。

――後世の林家の子孫たちよ。儒家の担い頭として、くれぐれもそのことを忘れることなかれ――

また、「今の世に生まれ古の道に反《かえ》らんとすれば、裁《わざわい》その身に及ぶの論」のなかで、このようにも記した。

――孔子は、しばしば堯《ぎょう》・舜《しゅん》や夏・殷の時代をお褒めになられた。しかも、今の世に生まれて昔の道に返ろうとすると、災いが必ず身に及んでくる。何故かと言うと、周の世に生まれて周の制度を変えようとすると、身に災が及ぶのは至極当然である。だから、自分は周に従おうと。

世間的には俗に従っても、俗の心になるのではない。外形は世俗の習慣に従いながら、内心は儒の精神を保つ。これが私の従前より唱えてきた「従俗の論理」というものである――

わが子孫ら、よくよく心せよ。「従俗の論理」なるものを。


もう一つ、わが子孫に遺言を申し述べる。それは、学び舎の建設のことじゃ。かつて、大御所様に、今の明国にも、道はあるか。おぬしはどう思うか、と尋ねられたことがあった。

私はございます、と答えた。この眼で見たことも聞いたこともないが、文献を尋ねればわかること。明では小村から郡県、州府に至るまで、学び舎のないところはない。そこでは人倫を教え、人心を正し、風俗を善くすることを大事にしている。とすれば、道があるに相違ないと、そうお答え申し上げた。

この問答から、私が学び舎建設に強い望みを持っていたこと、よく理解されたい。

慶長一九（一六一四）年、私が三二歳のとき、学び舎建設の時機到来。

大御所様に是非京の地に学び舎を建てたいと願い出た。大御所様もこれを了とされ、適当な土地を選定する段まで進んでいた。惺窩先生をその学び舎の塾長にご推挙することも内々心に秘めていた。

ところが、大坂の陣。学び舎どころではなくなったのだ。

積年の悲願ともいうべき学び舎の建設。遂に叶う時がやってきた。苦節二十数年、寛永七（一六三〇）年冬のこと。三代将軍家光様から上野忍岡の別邸地と金二〇〇〇両を下賜され、その二年後に、同別邸地に学寮を建てることになった。

喜んでばかりはいられないぞ。まだこれは私塾に過ぎないのだ。わが子孫たちよ。この私塾を足掛かりとせよ。そして、幕府から公式に認められる学び舎に発展させよ。

——これが、羅山、至高究極の願いであり、最後の遺言でもあるぞ——

林信勝、道春、羅山。明暦三（一六五七）年、一月二〇日病臥。同二三日、白玉楼中の人と化す。享年七五歳。

二六

癸卯《みずのとう》（一六六三年）、年の初め、丈山八一歳
——朝の日の光が一乗寺辺りの雪を溶かし、うららかな春の日差しに心が和む。庭先でうたた寝するひと時を今年も与えてくれるのか。わが家は中国の古代神話に登場する伏羲《ふっき》の世のように平穏無事である。
嘯月楼から椿や白梅紅梅などが咲く早春の庭を眺めていると、安禄山の反乱軍に囚われて「春望」の詩を詠った詩聖、杜甫が隣にいるようだ。
髪の毛は鶴のように真っ白になった。齢八一。貧乏神と交わり、堂には詩仙を神のように祀ってあ

る。幸いなるかな、この年まで生き長らえたのは私一人だ――

余の人生、詩聖と讃えられた杜甫と比べて同じように波乱万丈だったたか、それとも起伏に乏しい凡庸なる人生だったか……

少なくとも順風満帆ではなかった。若かりしころは、家康公のもとで功名を求め、武勇に走ったこともあった。先登を企て、人を殺めたこともあった。だが、その戦功は認められることはなかった。

心ならずも軍規違反などという科で蟄居を命じられた。

家康公の裁定に不服の思いを抱いたことはない。大叔父の正信様など多くの幕臣の方から家康公に取りなしをしていただけるよう話を伺ったが、すべてお断りした。

当時、功名心は確かにあった。だがそれは恩賞を欲することとは自ずと異なる。代々幕下に仕えてきた祖先の名を恥ずかしめない、父母や祖父母、代々の先祖に対する功名心、先登はその一心だった。

そこには、恩賞も官位も禄高も、それら世俗の名利は必要ないのだ。

今となって思うこと。それは、人生仮の宿のようなものだということ。したがって、官位や俸禄を求めて狂奔する真似事など無意味なことなのだ。

身体は今も頑健で、生命の内より発する浩然の気は天地にみなぎっており、物事に囚われないおおらかな気持ちを持ち続けている。それでよいのだ。

そして今、詩歌を詠み楽しむ生活に浸っている。

――俗事にこだわらない。中国は秦の末、乱世を避けて山に篭《こも》った老人たちは、中国きっての理想の国、尭の時代の隠者である巣父《そうほ》と許由《きょゆう》（注）の生き方に学んだのだ。

百戦に及ぶ権力の争奪戦など、カタツムリの角の上での争いに過ぎず、千の城郭を奪ったとして、蜃気楼の如くはかないものだ。

天地に響き渡る雷鳴も小さなセミの騒ぐ程度だ。日月の光も蛍が二つ飛んだぐらいの感覚だ。この地上の森羅万象、思い思いに楽しむがよい。聖人や仙人といえども一粒の泡に過ぎないのだ——

（注）「巣父と許由」

「漢魏叢書高士伝」によれば、許由も巣父も、中国古代の隠士で、清貧を旨として生きた人。

尭《ぎょう》という王が、許由に対して、あなたの振る舞いがあまりに高潔なので、王の位を譲りたいと申し出た。そのとき、王などという世俗の権力には嫌悪の念しかもっていなかった許由は、嫌なことを聞いてしまったと、その耳を穎川《えいがわ》できれいに洗った。

同じく、権威権力に対して忌避の念の強い巣父は、その話を聞いて許由が汚れた耳を洗った穎川の水は濁ってしまったと言って、この川を渡らなかった、という。

許由巣父の二人は、このように高尚恬淡《てんたん》に生きた代表として語り継がれている。


——故郷三河からはるか遠く、京の相国寺近くに新居を構えた。安芸浅野藩の官を辞し、自然のなかにしみじみとした趣きを感じる。

真っ当な道徳が行われない俗世なら、そんな世を早々に退散して、自然のままの感性を大事に生きることにした。

質素な暮らしに満足して多くを求めず、郷里の人に善い人と言われればそれで十分とした中国は後漢時代の少游《しょうゆう》を見習い、貧しさなど憂うるに値しないと中国は春秋時代の営叟《えいそう》を真似て、貧しきを忘れることにした。

老病の養生をしながら、身を退隠して大人しく志のままに余生を送ろうと思う。この年になって今も妻も子もいない。養育すべき子孫もいない。したがって、後顧の憂いも何もない。

華やかなこと、賑やかなこと、栄耀栄華など、ただのちりやごみに過ぎぬ、と心に決めて——

余は、母の逝去を待って、浅野家を辞すことにした。元より決めていたことであった。母への孝養を最優先と心得、仕官の道を受け入れたのであった。武人の務めとして仕官先では浅野家の繁栄を願って誠心誠意ご奉公した。

官位を辞したうえは、隠遁するための住まいを求め、質素に暮らそうと思う。

余が七九歳のころには「畔儒《ばんじゅ》（注）を嘲《あざ》ける」という詩を認めた。

——世間には名利を貪る儒学者がいかに多いことか。彼らは自らの言行に恥じることがないと思い込んでいる。彼らの詩歌は凡庸で、詐術《さじゅつ》を用いて民を愚弄している。彼らの教えは孝養を説くこともなく、その学問は深く物事を追究する求道心のかけらもない。口先ばかりで、朱熹《しゅき》のことすら満足に論ずることができない。人の面前で媚びへつらい、言葉巧みに民を欺く。

余は、物静かに平静を保ちつつ、余の道を歩む。どうしてあの偽儒学者どもと談笑できようか——

（注）畔儒とは、偽の儒学者。道に背いた儒学者。

余には、幸いにしてお師匠と呼べる方がお二人おられる。一人は禅学筋の説心和尚、もうお一人は儒学筋の藤原惺窩先生だ。

その他、真に友誼を深めた人物といえば、惺窩先生の門人数人しかおらぬ。特に羅山殿とは、朋輩の仲というよりそれ以上の師友の交わりと言っていい因縁を結んできた。心を素っ裸にして正直に何でも打ち明けることができる朋友であった。

あるときなど、自分でも解しがたい心のうちの深層を見事に読み解いてくれたこともあった。

羅山殿が私に宛てた初めての書簡の内容だ。大坂の役で、余が先登を企て敵の首級を獲った科で蟄居を命じられた。そのこと知った羅山殿は、家康公を晋の明君（文公重耳）に、吾を介子推に譬え、「独り介子推を忘るるは何ぞや」と余の先登を正当に評価し、心を癒してくれたことがあった。

しかも、自分が恩賞に与らなかったことに失望したわけではなく、家康公という権力者に失望したのではないか、政事に携わることのむなしさを感じたのではないかと、余の思いを忖度してくれたのだ。

また、他の誰にも言えない悩みを打ち明けたこともあった。

あれは確か元和八（一六二二）年、夏の暑い盛りのことだったか。当時、余は故郷の三河に帰って、母君を扶養していた。弟重治が不祥事を起こして、主君徳川忠長公より閉門の処分を下されたため、弟に代わって扶養することになったときのことだ。

母が年老い、家もまた貧しい。老母に孝を尽くせば、学成り難し。学問に専念せんと欲すれば、老母への孝養難し。また経済的な安定も難しい。

はて、いずれの道を歩むべきか。

また、余は学問を好んでいるが、その学問は空疎な言語の羅列に過ぎず、実用にそぐわない。世の中の仕組みの不可思議を解明するものでも、世の中の民の塗炭の苦しみを解決するものでもない。古い慣習や風俗に従うばかりで、それを改めようとする改革の心などどこにもない。世間の学問というものはそういうものなのか。

また、花鳥風月と遊び、庭の花を摘んで心の友としたり、菊を植えたり、月を眺めたり、あるいは書を読み、詩を諳んじたり。これ以外なすこともなし。これもまた、母を扶養する余力のなせる業であろうか。

何としたことか。これではまるで、余は世に無用の人ではないかと、苦しい胸のうちを吐露したのだ。

まもなく、羅山殿から懇切丁寧なる返書がきた。

まず、「家貧しく母老いて」については、孔子の弟子、顔回と閔子騫《びんしけん》の例を引いて、孝の重要性を説いてくれた。

次に、「学問に専念せんと欲すれば、老母への孝養難し」については、「父母を親に非ず」と言い、親の恩を棄て寂滅を求めるのなら、儒者の行いではない。仏教（禅学）から脱却していないのではないか。儒者としての真の道に励むようにと諭してくれた。

勿論この説諭に対しては、余も思うところがあった。儒者即孝行者、仏者即不孝行者といった頑迷な考えはおかしいのではないかと。

仏教にも親の恩を説く教説がある。宗派は異なるが、日蓮などはその著「四恩抄」の中で、仏法を習う身には必ず四恩（一切衆生の恩・父母の恩・国王の恩・三宝の恩）を報ずべきに候、と説かれている。

禅の修行者にも孝行者は多くいるし、逆に儒者にも不孝者もいるではないかと返書を送った。羅山殿からそのまた返書あり。この件に関しては、何度か激烈な応答があった。

それはともあれ、羅山殿の該博な見識とそれ以上に、心の優しさ、思いやり、また友誼の深さに驚嘆と感謝の念を禁じ得なかった。

元和九（一六二三）年、板倉重昌様の勧めで、安芸藩浅野家への仕官を決めた。そのとき、羅山殿に「この仕官は余の本意ではなく、老母を扶養するためであって、母が天寿を全うすれば致仕する」と告げた。

余が広島へ旅立つ日に、羅山殿から書簡が届いた。はなむけの七言絶句が記されていた。

——進退行蔵　人豈知らんや
秋風門外　即ち天涯
駿蹄千里　霜を履みて去る
待つ有り　堅氷未だ至らざる時——

——進むも退くも、進んで世に出て手腕を振るうも、隠れて世に出ないのも、他人が云々することではない。秋風が空の果てまで流れてしまう。素早い馬がはるか遠くへ走り去ってしまう。人は霜が降る季節が過ぎると氷が硬く張るのを待つ。それほど貴方が遠くへ行ってしまうのを淋しくも、帰ってくるのを待ち遠しくもある——

それから末尾に、藩政における雑務も多々あろうが、詩文の修練は欠かさぬようにとの指南も付け加えてくれていた。

羅山殿との思い出は尽きない。三六人の詩仙選定にまつわる人口に膾炙《かいしゃ》した激論などについては省くとして、ただ一つ「詩仙堂記」を著してくれた彼の思いだけは書き残しておきたい。

寛永一八（一六四一）年、生涯の隠棲の地と定めた詩仙堂が完成したとき、余は「詩仙図像序」という小文を認めた。

——余はじめ年一六、七歳より、東照大神君に仕え奉りて久しからざること為さず。伏見に京城に関左に駿府に、旌麾《せいき》の移る所、乗輿の至る所、一処として扈従《こじゅう》せずということ無きなり——

と、筆を起こし、大坂の陣において先登したこと、それが軍令違反だったこと、蟄居を命じられたことなどを淡々と記した。

そして、丈夫たるもの、敵の首をはねたことの報償など願ってもおらず、ただ志を立てんがためにやったに過ぎないと、筆を進めた。

羅山殿は、余の気持ちを知ってか知らずか、「詩仙堂記」のなかで見事に余の志を記してくれた。これほど自分のことを知悉してくれている朋友・師友をもてたこと、余の生涯最上の喜びであった。

明暦三（一六五七）年、一月二三日、余の師友、羅山殿が黄泉の国へ旅立った。享年七五歳。同い年の師友、同じ病に苦しんでいた。余に先立ち逝ってしまった。先を越されたとはいえ、余ももうまもなくに違いない。待っていてほしい。かつて、余は隠士、貴君は名を究めた儒者であった。道の異なるを恨む。今も彼岸と此岸と大きく異なる。この違いを嘆き、悲しみ、ここに詩を墓前に捧げる。

——同い年なのに彼の智には恐れ入る
余などまったく敵わない
二人の間には恨みごとなどどこにもない
往時のことはすべて消えゆく
貴方の遺文を見て、ますます涙をそそられる
貴方は死んだが、子孫は立派に育っている——

貴方にもう会えないと思うと妙に涙が込み上げてくる。
さようなら、羅山殿
そして……
彼岸でまた酒を酌み交わしながら、語りつくそう。

「夜誦」　丈山八四歳
――夜の読書　夜半に及ぶ
詩を作る意欲が湧いて　紙片に写し
明かりが消えそうなので　燈火の勢いを強くする
心は俗世間から遠く離れ　幽玄なる山々が近くに見える
この身体は滅びても　わが歩みし道は残る
わが生涯不足という観念を抱いたことがない
わが心の念ずるところ　天と地
宇宙の至る所まで――

齢《よわい》を重ねても、読書と思索、そして詩作に余念がない。この一五年が間、故郷三河への帰郷も許されず、京も鴨川より西へは金輪際行かぬと決めた。

詩仙堂内の庭園の掃除、それから読書と詩作に明け暮れ、何の不自由も感じない。旧来の友もあらかた泉下の人となり、訪れる人も数えるほどになった。

板倉重宗氏の依頼によって、わが詩歌を集めて詩集を編纂することになったが、それとて造作のないことであった。

「倚笻吟《いきょうぎん》」　丈山九〇歳

——杖によって、詩仙堂周辺一乗寺村を徘徊す
神社の木々が森のようだ
物乞いの後ろで犬が吠えたてる
牛は農夫の前で田を耕している
わが生命は寒冷期の少ししか出ない水のよう
年老い病重なり、夕の明かりが西に沈んでいくようだ
ひとえに山水の景色を楽しむを極め
百歳まであと一〇年という齢まで生き長らえた——

詩仙堂に住して三一年。齢九〇。まもなく泉下の客となろう。余の人生、詩聖と称された杜甫同様波乱万丈だったか、それとも起伏に乏しい凡庸なる人生だったか……

わが養子、石川子復を枕元に呼んで、一語一語噛みしめるようにゆっくりと語った。

——「礼記」には、「儒の男子、婦人の手に死せず」とある。余は妻帯していないので、この礼は守れた。家康公は軍神を棄てる（自らが死する）とき、武勇の心を忘れてないと言われた。余も同じく、今も武勇の心は忘れてない。

孔子の弟子の曽子は死ぬ間際に、すのこを新しいものに変えた。また子路は冠のひもを結びなおして威儀を正して逝った。余もこれらの故事に倣って無様な死にざまは見せないつもりだ。

そして最後に、これだけは言い残したい。

——隠逸の志今も変わらぬ　そして　後悔の念全くなし——

寛文一二（一六七二）年五月二三日、石川重之、凹凸、六六山人、丈山。安らかに黄泉の国へ旅立つ。享年九〇歳。

二七

「どうだった。詩仙堂は？　郎ちゃん、昴ちゃん」

「楽しかった？」

「歩き疲れなかった？」

「しんどくなかった？」

「暑くなかった？」

郎と昴の母、庸子が矢継ぎ早やに問いかける。

「うん、楽しかったよ。詩仙堂って思ったより小さかったね」

二年前から、二条城を手始めに、福知山城、彦根城、姫路城など、嶋一家は家族四人でお城巡りをしているらしい。昴はどうもそのイメージをもって詩仙堂へ行ったようだ。

「思ったより小さかった」という印象は、どうやら詩仙堂のことを同じようなお城だと思っていたらしい。

「そりゃ、詩仙堂はお城じゃないからね。石川丈山という仙人みたいな人の住まいだからね」

横で聞いていた優人が、優しく諭すように応じる。

「僕は、観光の人もそんなに多くなくて、混雑してなかったし、落ち着いた雰囲気の中でのんびり庭も見られたし、観光に来ていた学生さんとも話できたし、とてもよかったよ。それから丈山さんのお墓にも、奉先堂というところにも行ったんだよ」

朗は、地方の大学生と丈山について語り合ったことが嬉しかったようだ。

「郎ちゃんは、大学生と話したの？」

「うんそうだよ。静岡の大学に通ってる、って。お父さんが前に言ってた王安石のことも聞いてみたよ。どんな人だと思うって」

「へえ、で、その学生さんはどう答えたの？」

「しっかり勉強してみるって」

「あ、そうなんだ。その学生さんにも刺激を与えたんだ」

「お母さん、聞いてよ。丈山のお墓って、山の上のほうにあるんだ。少しきつかったけど、大文字山ほどではなかったよ」

保育園の遠足で大文字山に登ったことがある郎も昴も、丈山の墓へ行く道のりぐらいなら、さほど苦にならないようだ。

「それから、奉先堂って、すごいところにあったんだよ」

「そうだよ。踏切も信号もない線路を横切って行くんだ。そんな危ないところにあるんだよ。びっくりしたよ。ねえ、郎ちゃん」

「なるほど。そりゃ、びっくりだ。市内の街の真ん中では考えられないところだね」

「写真をいっぱい撮ったから、あとで見せてあげるよ」

「それは楽しみだ」

「じゃあ、次の学習会のときに、お爺ちゃんにきちんとお礼を言おうね」

嶋一家の家族団らんの光景が垣間見られた。

二八

石川丈山の墓。

実際に見てみると圧倒される。お墓としてはかなりでかい。墓石に記るされている文字数もなんと千余字に及ぶという。

上の方に、大きく「聘君石六六山人墓誌銘」と鮮やかな文字が浮かびあがってみえる。最初の語、「聘君《へい》」をネットで調べてみた。「隠れた賢者、天子に招かれたがその招きに応じなかった人」とある。

墓石の下の方には、小さな字で丈山の人生の軌跡が詳細に刻まれている。

近世の奇人と呼称されるだけのことはある。

奉先堂碑。

奉先堂は幕府から林羅山に下賜されたこの地に、孫の鳳岡が羅山の遺品を納めるために建てた堂である。この碑にも、上部に「奉先堂碑」とあり、その下に数百字程度、この碑の説明らしき文が記されている。

さて、嶋一家との石川丈山と林羅山の学習会の日がやってきた。ほぼ一か月ぶりの開催である。きょうは八月一六日、「大文字の送り火」である。

とある料亭の納涼床を予約しておいた。京料理を堪能し、送り火を観賞しながら、学習を進める。少々贅沢な学習会である。

如意ケ嶽の「大」の字は八時に点火される。まだしばらく時間があるから、食事を摂りながら語り合う。

「今まで石川丈山のことは、しっかり学習してきたから、彼が地位や名誉に恬淡だったこと、退隠の志が強かったことは、充分理解できたと思う。

では、なぜ丈山は、退隠の志が強かったのか。その点についてはどう思う？　今日はそこから話を進めていこうか」

いつも通り、私が進行役を務める。

今日は、当然資料はない。それぞれが思いのまま感じたことを話すことになっている。

「僕は、幕府か藩の役人とか、丈山はそんな堅苦しい生活が嫌いだったんじゃないかと思うよ。儒者か詩人か、学問とか文芸とかの道で生きたかったんだよ、きっと」

「なるほど、そうかもしれないね。で、郎ちゃんはどうなの？　将来のこと、何か考えている？」

「僕は、大学に入って歴史とサッカーを頑張ると決めているよ」

「では、昴ちゃんは？」

「僕？　んーとね。僕は恐竜が好きだから、動物の勉強とサッカーを頑張るよ」

「なるほど……」

「で、話を元に戻していいかな？　郎ちゃんは、丈山は元々堅苦しいことが好きでなかったから、仕官を断ったんじゃないかと考えたんだね」

「ずっと以前に、お義母さんは、加藤周一氏は『詩仙堂志』のなかで、丈山が出仕を固辞したのは、父へのコンプレックス以外に何か理由があると書いている、と仰っていましたね」

「そうよね。加藤周一さんのその話は、お父さんの受け売りだから、お父さんに聞いてみてよ」

「そうだなあ、では、たまたま、その小説を持っているので、該当の箇所を紹介してみるよ。

詩仙堂を訪れた際の、とある老人との問答として、こんな風に語っているよ。

――家康亡き後、徳川将軍のもとで、丈山の側に出世の野心がなかったとしても天下国家の側に人材の必要があった。だとすれば、丈山の士官は、彼自身のためにではなく、世の中のために必要であったはずである。板倉重宗（京都所司代）も、士官を勧めて、丈山その人のためではなく、天下のためにそれを望むと言ったそうである――

これに対し、老人はこう応えている。

——丈山は、天下は自分のごとき者を要しない、自分はまた天下を要しない、と答えた。それは、たとえ世の中がその人を求めたとしても、用がすめばその人を捨てるのが世の中であろう——そしてさらに、老人の言葉として、

——政事に理想はない。従って理想に対する献身が、政事に係る理由にはならない——と。

つまり、丈山は、自らの価値観・人生観として、政事に理想はないと捉え、用がすめばその人を捨てるような天下を見限り、政事にはなんら意味を見出さず、日常の中にこそ人生の価値を見出しているということだね」

「なるほど。とても深い話ですね。政事に理想はない、ですか。政事に理想がないのなら、その政事にかかわった分だけ失望が大きい、ということですね」

時計の針がまもなく八時を指している。如意ケ嶽に、「大」の字が明るく照らされ始めた。五分後に、今度は松ケ崎西山（万灯籠山《まんどうろうやま》）に「妙」の字が、松ケ崎東山（大黒天山《だいこくてんやま》）に「法」の文字がくっきりと照らし出された。

「いったん中断、でいいかなあ？」

「この送り火を観賞しないわけにはいかないわね」

「そのために来たんだものね」

「毎年見ているけど、お盆の風情を感じるわね」

あとの左大文字、舟形万灯籠、鳥居形松明は、この納涼床からは見えない。

「さっきの丈山の続きだけど、いいかなあ。加藤周一氏の詩仙堂志によれば、丈山は政事に深く係れ

ば係るほど失望が大きい。だから係らなかったことになるよね。だとすると、政事から逃げているということにはならないの？」と、私は話の続きを進める。

「というか、大坂の陣のときに、敵を圧倒する政治権力の絶大な力を肌身で思い知り、自らその恐ろしさ、悪魔性に身震いして、そこから身を遠ざけるようにしたのではないのかしら」とは、庸子の鋭い指摘。

「というより、丈山の人生には政事ではなくて他に理想を追い求めるものがあったということではないんですかね」と、優人も鋭く切り込む。

「なるほど。政事より文芸、詩歌に理想を求めた、ということですかね」と、華栄子が納得した様子。

郎、「……？」

「それでは次に、林羅山についてはどうかな？　御用学者という烙印を押されたりしているけど」と、進行役の私が問題提起する。

「林羅山って、巷間言われているほど、幕府権力に阿る御用学者ではなかったんじゃないですかね」と、優人は羅山の肩を持っている風である。

「羅山も師匠の藤原惺窩と同じように、手法は全く異なるけれども、朱子学という思想を通して戦乱の世を平和な世の中に変えようとしたかったのではないのかしらね？」と、優人同様庸子も羅山を積極的に評価している。

林羅山の評価は大きく二つに分かれる。一つは曲学阿世の徒、幕府の御用学者というもの。もう一つは「曲学」（真理をねじ曲げて解釈する）の面は確かにあったが、それは自らの私利私欲のために権力者にすり寄るといった「阿世」のためではなく、朱子学を広めるという大きな目的のためであった、というもの。

「羅山自身は、自らの行動原理を従俗の論理と呼んで、表面の行動として現れる姿と儒者としての心のうちとは違う、と主張していますね」

「君主を諫めて聞き入れられないとき、臣下としてどう振る舞うか。羅山はそのとき君主の誤りに従うのが臣下たる者の忠だと言っているわよ」

「そしてそれは、儒の道を踏み外したことにはならない。これこそ俗の世界で儒を行う道だとも強調しているわね」と、優人、庸子、華栄子の三人ともどちらかというと、羅山の考え方に共鳴している発言である。

時の権力に阿らず自らの信念信条の命ずるままに生きるか。ときには隠棲者になったとしても。それとも自らの信念信条を実現するために権力機構の中に入り込むか。ときには妥協も曲学も、追従すら厭わずに。

朋輩石川丈山は羅山のことをどう捉えていたのか。

自らの出世欲を満たすためには、信念信条を棄ててまで権力にすり寄る御用学者だと捉えていたのだろうか。

少なくとも羅山の生き様を批判しているとは考えにくい。羅山が幕藩体制を内部で支える道を選んだことも、丈山自身が隠棲の道を選んだことと、その立場の違いこそあれ、丈山は羅山の生きざまに最大の敬意を払い、生涯にわたり師友と仰いでいたことは間違いない。

でも、郎は強い正義感からか、羅山を認めない。あったことをなかったこととし、正しいことを間違っていると言い張り、事実を捻じ曲げる羅山の姿勢は許せないと考えている。

「ねえ、おじいちゃん。おじいちゃんもそう思うよね」

今夜はすっかり夜更かししてしまった。帰りのタクシーのなかで朗も昴もぐっすり寝込んだようである。


（完）

【著者紹介】

口中　治久（くちなか　はるひさ）

1949 年京都市生まれ。同志社大学文学部卒業、同大学院文学研究科修士課程中退。京都市立中学校教諭として、藤森中学校、七条中学校、洛南中学校、教頭として陶化中学校、四条中学校、校長として洛西中学校を歴任し、定年退職。その後同志社大学教職課程指導相談室アドバイザー、大谷大学非常勤講師、創志学園クラーク記念高等学校教育部長、京都外国語大学学生部次長、創価大学教職指導講師等を経て、現在は環太平洋大学非常勤講師。

詩《し》仙《せん》堂《どう》と昌平黌《しようへいこう》

2021 年 8 月 12 日　第 1 刷発行

著　者 — 口中《くちなか》　治久《はるひさ》

発行者 — 佐藤　聡

発行所 — 株式会社 郁朋社《いくほうしや》

〒 101-0061　東京都千代田区神田三崎町 2-20-4
電　話　03（3234）8923（代表）
ＦＡＸ　03（3234）3948
振　替　00160-5-100328

印刷・製本 — 日本ハイコム株式会社

装　丁 — 宮田　麻希

郁朋社ホームページアドレス　http://www.ikuhousha.com
この本に関するご意見・ご感想をメールでお寄せいただく際は、
comment@ikuhousha.com までお願い致します。

 ISBN978-4-87302-737-1 C0093